漫思

朴正银的插图随笔，一日一画

为什么让人思念的总在于远方？

［韩］朴正银 绘著
金美玲 译

浙江文艺出版社
Zhejiang Literature & Art Publishing House

责任编辑：诸婧琦
营销编辑：张恩惠
封面设计：居　居
版式设计：文唯宝

为什么让人思念的总在于远方

[韩]朴正银◎绘著
×
金美玲◎译

浙江文艺出版社
Zhejiang Literature & Art Publishing House

Author
朴正银

2010年首次在韩国举办个人作品展。
2011年出版故事插画集《你和我的故事》。
现在主要从事小说、散文、童话书等的插图绘画工作。
代表作有吉本芭娜娜的小说《关于她》插画、木木的爱情散文《淡定的人生不寂寞》插画等。

为什么让人思念的总在于远方？

引言

为什么让人思念的总在于远方？

画什么好呢？有时候面对一张白纸非常茫然，不知所措。慢慢地，觉得纸张变得越来越大，我却缩成一团，变得越来越小。有时甚至连一条线都画不出来，在哀叹中结束一天。

平时我话不多，更多的记忆会默默地藏在心底，好像只要全部说出来，那些记忆就会全都挥发出去，再也找不回来。偶尔话说多了，身体的某些地方就像漏了个洞一样，心情怪怪的。然后那些洞洞马上就变成了后悔。

有很多幸福的记忆，也有不少忧伤、心痛的记忆。我想要把那些记忆和情感用绘画表现出来。画着画，我的心情连同那些疼痛的记忆都好了些许。

好神奇，周围的人说看到我的画以后，得到了不少慰藉。其实听到这些话，得到最大安慰的是我自己。画出了记忆中的点点滴滴，那些洞洞里充满了温暖。

时间总是向着一个方向流，离从前的我越来越远。时间在流逝，记忆一点一点累积，成就了现在的“我”。总觉得这样的记忆太珍贵，所以不断地画画。这样的行为好像把我带到了思念的、总觉遥远的瞬间——或者是我在向那遥不可及的远方伸出手去。

那是 2013 年的秋天。工作太忙，我足不出户，只能通过小窗口凝视屋顶美丽的枫叶，内心苦闷极了，自己仿佛一片干巴巴的落叶。画画不顺利，甚至觉得透不过气来，真想撇下一切从那里逃出去。不能再这样下去了。是窗外的风景，或是屋内的景致，抑或是在脑中盘桓的想法，突然冒出来的忆念。心里想着无论如何要把这些画出来。于是下定决心，一天画一张，想怎么画就怎么画，想画多少就画多少。在手掌那么大的牛皮纸本子里用中性笔随便画一画，这便是我的“一日一画”。

利用工作间歇和娱乐空隙，这个绘画工作简直就是自我疗愈，让我重新找回了绘画的乐趣，成了工作之余能够喘息的排气孔。静静地凝视周边的事物和风景、人物，这本身就被赋予了很大意义。我太喜欢画画了，以后也要继续这项工作。

希望这本书能成为舒适的休憩空间，翻开遥远的思念，从繁忙的日常中暂时逃离。

在桂洞

朴正银

目录
contents

part1. 渗

part2. 积

045

分歧与重叠的时光 · 穿越苍穹

一起摔倒就不会那么丢脸了吧 · 面包力充电！

心疼你，为你求福 · 真的没关系吗？

我也悄悄地问了她，你还好吗？ · 不同的记忆

微妙的差异 · 再利用 · 不知不觉地 · 12月的情人是雪人

我的小世界静悄悄 · 宁静的深度 · 瞬间，永远的现在

多情多义的人 · 好香甜 · 风总在鼻梁前徘徊 · 发生意外

当空洞的一天被填满时 · 累点也没关系 · 属于我的恬静时刻

在珍贵消失前 · 一阵阵袭来的担心 · 红豆行

所以能不能拉上我的手？ · 各自的时间 · 生活的重量

Workroom · 可爱的生活达人 · 爸爸 · 一生的作业

一尘不染的时间 · 你说已经晚了 · 这才叫冬天的最后

part3. 萌

087

我们重新相见时我会是什么样子 · 幸福的糖 · 所有的乐园
叮咚，快递来喽 · 小心感冒哦！ · 帽子们的祈祷
熬过了苦寒，就会迎来春天 · 奶奶，您一定要健康长寿啊！
不美的事物更美 · 闭上眼睛就能用全身感受春天 · 我自己的速度
相遇的空间 · 敞开心扉 · 风景的渗透 · 我书桌前的小宇宙
《白日梦想家》 · 某种羡慕 · 我自己的意识，仪式 · With you
面对离别我们无可奈何 · 心中的家 · 某人的辛苦
时间与时间之间 · 绕行 · 理财 · 传染，让心情棒棒哒
下午5点，担心的影子 · 经常忘掉但又很重要的 · 日光浴 · 天国
生活中最大最多的苦恼 · 讲不完的故事 · 人的空间1 · 人的空间2
关心关心我吧！ · 生活的魔术 · 饭＝爱 · Ta很痛
每天的每天都是人生 · 相机的另一边 · 论“始终如一”的伟大
或许是因为春天来了呢 · 最容易丢失的是
照看：连同看不见的都能照顾好的事情
真诚：真心实意，诚心诚意 · 我想成为这样的人
希望你每天都来 · 寻宝

part4. 守

part5. 耀

193

Part1. 渗

#

冲向莫比乌斯带的边际

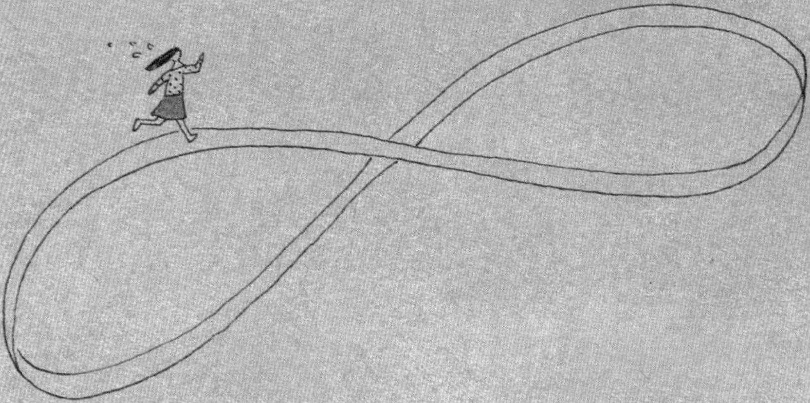

生活中总觉得自己站在莫比乌斯带上，反反复复旋转不停。没有其他选项，看不到交叉路，只有一条长长的道路通往一个方向……总会有止境吧，这种无边际的道路总是违背希望。但是有一天我突然发现，我正和心爱的人一起走在这无边际的道路上。互相拍拍肩，加加油，有时还需要推一推拉一拉，总之是一起承担着艰难在共同前行。或许，谁知道呢，这样走着走着，就能发现道路的边际。所有事情终究是有边际的。

冬天的洞穴

冬天不知不觉总会想要钻进洞里去。尤其到了生日的月份，就莫名其妙地郁闷。所以从生日前一星期开始就不怎么见人，一个人静静地度过那些时光。生日当天就好像什么事都没有一样照常工作，度过平凡的一天，到了第二天0点才会安心。是不是认为那天一定要特别快乐幸福，反而增加了心理负担呢？生日会无缘无故地伤心。

#

傲慢与偏见

对于一些人来说更需要的，并且符合他们价值观的可能并不是高大的，而是宽广的；即使狭窄也要深度，或者原地不动才是真理。用我心目中的尺子判断别人，或者用别人心目中的尺子判断自己，抑或用相同的尺子比量所有人，以后不能再这样了。

#

拼图游戏

老公买来了1000片的拼图。我们两人都喜欢游戏和拼图，结果突然发现自己已陷入了危险的境地。心想睡前就玩一小会儿……没想到已经过了40分钟。

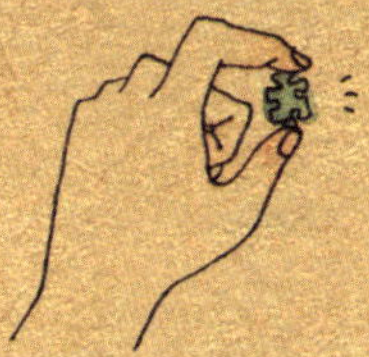

乍一看正适合的拼图，放进去却发现放错了位置。内心焦躁一乱放，整个拼图就会变得一团糟。就算慢一点也不要紧，慎重点，给自己足够多的时间，一片一片拼，不知不觉中会完成一张拼图作品。

啊，你这个始终如一的人

有段时间无限循环一首曾听过的歌，来自金牧仁的第2张专辑“A Bunch of Eyes”……听说在玛尔歇有演出，我是一路跑过去的。随着美妙的音乐，落叶纷纷扬扬地下。

“很多人不辞而别，可有一人坚守在这里。大家对待他时都很自然，就像对待一座小旅馆或一张椅子，或是随便坐下就能享受一杯咖啡的小桌子一样。然后对他说，啊，你这个始终如一的人……”

——金牧仁，《始终如一的人》

如果有忘不掉的

书桌前摆了一堆书，翻开这些一直想看的书，真像是在享受天伦之乐啊。虽然本职工作是给书本画插画，可忙乱中读不了一页书，太不可思议了……本来就很喜欢书，如果接到了为书设计封面的工作，那可真是欣喜若狂。那种幸福，就算岁月无情，过了多长时间都忘不掉。如果能做到不忘，那么我们或许也不会老去……

#

积木

人与人的关系就像积木一样。
需要花大量的时间慎重地积累，
而且只要一步走错就会酿成一败涂地的后果。
越想越像人际关系。

幸福与不幸的法则

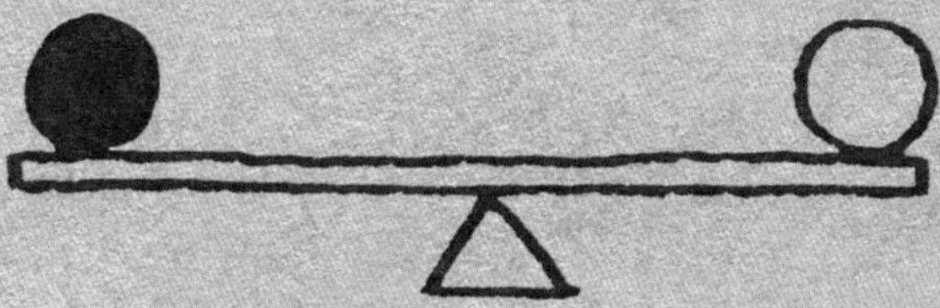

所有事情都是有好坏两面的，
不会只有好的一面，也不会只有坏的一面。
一个人的人生，是否也是
幸福和不幸以同等的量和度存在的呢……
所以当我们幸福时会对眼前的幸福感到莫大的谢意，
防备随时袭来的不幸；
当我们不幸，我们在克服那些逆境的同时
要不断想象着未来的幸福……

#

看着皲裂的手指尖

一个人吃着饭，突然想到对面的椅子该多孤独。然后想起了妈妈。妈妈总是等待家人回家，不过到最后还是自己面对饭桌。结婚后想的最多的也是妈妈，洗碗时，叠衣服时，打扫房间时，擦地时，准备做饭时，看着皲裂的手指尖时……一想到和妈妈重叠的部分如此之多，突然感到悲伤，好难受。回头看一看，其实这个家里没有一个地方是妈妈的指尖没有碰到过的。

#

那一天谁都没有找过我

人们对待他人比想象的要更加冷漠无情。
我领悟到了这一点，虽然感到空虚孤独，
但内心的另一面觉得异常自由。

理想的关系

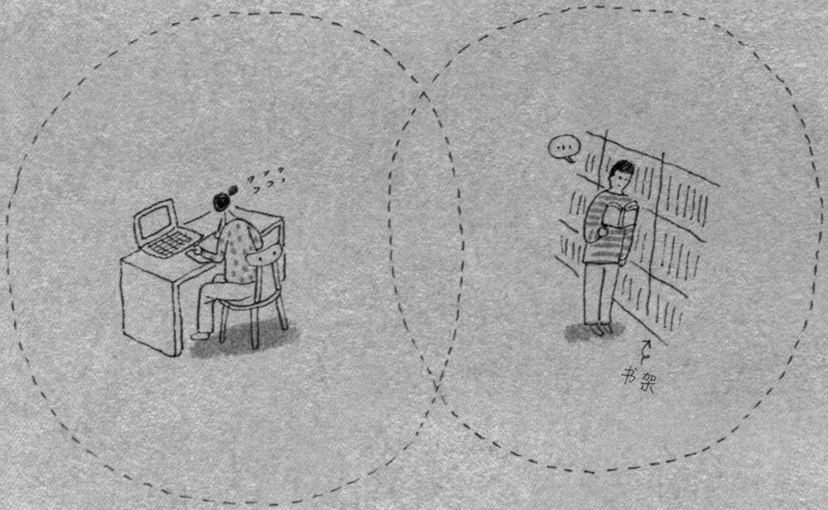

我认为，

理想的关系不是两个人的世界截然不同，

或者互相侵犯、融为一体，

而是两个人的世界原封不动地保持着，

共存中互不干涉。

人与人的关系是从一个地方到另一个地方，

或是从一个人到另一个人的距离和空间……

倘若失去了这个距离和空间，关系就会破灭。

想说给自己的话

约见了正在备考美术学校的
父亲的朋友的女儿，跟她唠嗑。

然后咨询渐渐演变成抱怨。

不知不觉中，其实我是在说想说给自己的话。

#

如果我爱得更多爱得更深……

去看了“ECM：寂静之声”展览。
ECM是1969年曼弗雷德·艾歇尔在德国创立的唱片公司。
它们的唱片不仅有古典音乐，爵士，还有第三世界的音乐。
用舒适的姿势听着音乐，好惬意。
世界上有好多我不知道的，没听过的音乐。
静静坐在那里，沉默，回想美妙的声音。

冰锥滴答滴答声，猫妈妈给猫宝宝舔舐身上毛毛的声音，
拍拍朋友肩膀的声音，为心爱的人轻轻拍掉头上雪花的声音，
树叶在风中摇曳的哗哗声，手冲一杯醇香咖啡的声音，
纸上飞舞的铅笔的沙沙声，眨眼时悄悄溢出的睫毛的声音，
香薰蜡烛慢慢灼烧的呲呲声，波浪打过来又打回去的声音，
翻开书页的唰唰声音，摇着尾巴追过来的狗狗的脚步声，
“我爱你”一句话，你的笑声……

不用平静的内心倾听就会漏掉的这些微弱的声音，
是不是我爱得更多爱得更深，
这世界的声音就会变成音乐？

#

蓦然回首

当所有沉重的一切压在我身上，
我以为我是在独自承受着痛苦……

蓦然回首，其实是被自己挡住而已，
身边一直有一起承担的伙伴。

等待已久的初雪终于来临

雪簌簌地下，往窗外看，韩屋[1]的传统屋顶上积了一层层的雪花。小时候，只要外面下雪，就会带上衣服和手套冲出屋外，和哥哥一起堆雪人，到公园的下坡路坐在大米袋子上玩雪橇。现在是大人，外面下了雪，只会在屋里默默地看着窗外的雪景。我有什么变化呢？是什么改变了我呢？还会有什么将要改变呢？就这样，等待已久的初雪终于来临。

1 韩国的传统建筑。

#

关于转瞬即逝的一切

城市里的万千扇窗户推开了星星，与它们争夺夜空的闪耀。房顶在威风凛凛的光之下显得无比寂静。我住的桂洞，这几年来成为有名的景区，从大早上开始不断涌来国内外的游客。一到晚上，这些人就都走了，剩下住户，宁静，安详。幽暗的胡同里有几只猫走来走去。离这里不远处，就是高楼林立的小区，不停地闪耀着光芒。看着夜深人静了还不熄灯的建筑，总觉得有什么地方不妥……我们拥有了可以整晚都不灭的光，可是不是失去了夜空的星星呢……

#

适应

我的住处附近没有市场，偶尔有一辆卡车，
载满蔬菜或水果在周边吆喝，我就非常高兴。

以前从没想到自己现在的样子……
我已经适应了“家庭主妇”的角色……

1 此处为韩元，2000韩元约为人民币12元。

#

太好了

能拥有我们自己的空间真是太好了……
和喜欢的朋友共度温馨舒适的时光……
缺盘子，缺被子，缺椅子，
可缺点儿东西怕什么，多了也不嫌多……
和心仪的人分享更多的回忆，这个地方太好了。

#

奇怪的强迫症

坐在书桌前准备开始工作，就会看到地上的灰尘，桌上乱七八糟的文具，还有随便堆放的书和纸片。把这些全部整理完才能专注画画，真是奇怪的强迫症……这下都打扫完了，开始工作吧！

讨人厌的惯性法则

我工作时的姿势非常不好。

所以老公给我买了可以伸展姿势的椅子。

买了好椅子有什么用……

没用啊，没用……

#

面对自己

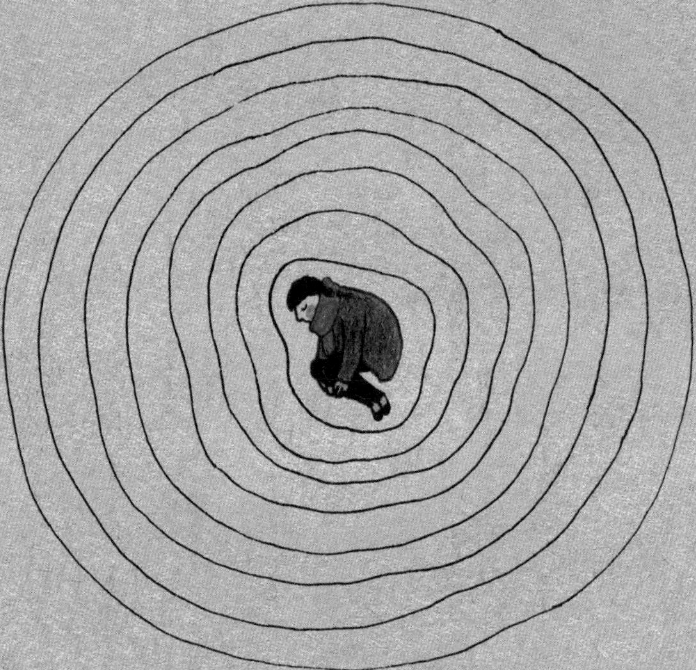

寂静是所有的一切静止的时刻。

在寂静中感受安适和惬心。

然后过着快乐幸福的生活

最近因为我成了从不出门露面的桂宅女

(朋友说我就像被困在桂洞塔里一样，所以叫桂宅女)，

朋友在一个夜晚专门来到了我的住所附近。

专程过来已经很感动了……

我决定走进现实世界了。

亲爱的朋友！谢谢你！

#

因为不孤独才生的病

我简直不敢相信。

结婚之前不知道自己睡觉什么样，
结婚后经常做梦，说梦话。
朋友们听到我这样说，然后取笑我：
“是不是因为有听众了，所以做着梦还不忘说话？”

#

你，世界的全部

在小区里散步时，见到一只狗狗坐在一栋矮楼前面。不知道它为什么自己在那里，我关切地摸了两下，它竟然哆嗦起来了。那是个寒冷的冬天，正想着是不是要带这个小可怜回家呢，一位阿姨经过，说了句"怎么到外面了"，然后打开楼道的门，狗狗就立马飞奔进去了。

我还记得那只狗由于害怕而全身哆嗦时看着我的眼神。有本书里说过："对宠物来说，它的家人就是它所知道的世界的全部。"如果那个世界消失了，随之而来的恐惧和孤独，说不定人类是想象不到的。

冬天要如何面对

感到抱歉时说声对不起，
感到谢意时说声谢谢。
只是坦率地说出了心声而已，
却能避免人生中很多不必要的问题。

#

不要让对方受伤

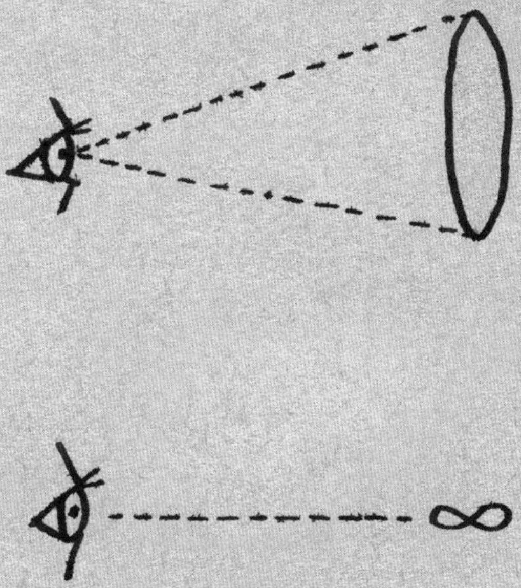

即使在同一时间同一空间经历了同样的事情，
人们记忆中的情景也一定是五花八门的。
我们好像只看我们想看的，只听我们想听的。
那么当人们想看的东西变得特别多，
会不会谁都不受伤了呢?

\#

陌生的你，温暖的你

老公经常站在很尴尬的地方看书。

老公的书桌感到好孤独……

当然，我们很爱护地板哦。

结婚前不知道的，慢慢地从生活中得到体验。

#

热水袋

我们家很暖和，但是洗手间有点冷。

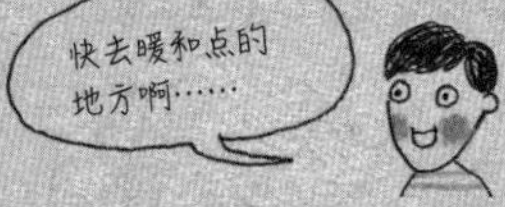

房子有点旧了，有的房间没有暖气，
可我竟然觉得这很可爱，很搞笑……（奇怪吗）
家里到处都能见到热水袋。

#

在我呼唤你的名字之前

老公给我买了一棵小橡胶树作为生日礼物。

老公很不喜欢那个名字……

最后改成果冻了……

#

灵感

得到灵感[1]……

1 韩语中“灵感”与“老头”的读音和写法都相同。

#

大家一起

独自燃烧，火焰再旺，

也不如分享小火种温暖……

好多支小蜡烛簇拥在一起，照亮世界……

物物交换

我们家是普通住宅，没有门卫，大门外就是胡同，不像楼房或别墅能让快递小哥把快递放门口，所以家里没人时如果有快递包裹，小哥和我都很难为情。有一次我不在家时快递来了，那天是邻居帮我签收的。快递包裹是从济州岛小姨家寄过来的自家种的美味橘子。晚上回去取包裹的时候给他们分了点，然后邻居让我等会儿，给我抓来了好多饼干放在我手心里。谈一谈家常，一起笑一笑，有来有往，觉得好温馨。

肢体语言

老公用全身说尽了不爱学习，
然后主张那只不过是伸展运动。
只要读一句就能让他入睡做梦，
日语真是神奇的语言……

#

不要被吞掉哦

#

想象

别看我现在躺在被窝里

其实是正在画画中哦……

而且非常认真地……

#

快乐便好

不知道从什么时候开始，认为

“玩乐＝快乐＝浪费时间＝不能这样”。

好像花费更多的时间去工作，

或者做一番建设性的事业，

才能使人生更美好，尽了自己最大的努力一样，

否则会感到很不安，无法原谅自己。

今天像小时候那样和朋友们玩了一整天的桌上游戏。

虽然结果惨败，可是非常高兴。

柏拉图曾经说过：

“人生就要像游戏那样维持下去……

游戏，玩乐，撇开牺牲，唱歌跳舞……”

玩游戏很有趣。

只要有趣，就可以了。

变得不一样啦！

结婚前看电影时，总是一心好几用……

或者躺着看　　甚至把笔记本倒过来。

结婚后变得不一样了。　　我正在改正不好的习惯。

#

粘贴

去了趟NAVER图书馆。

有好多好书，气氛也棒棒的。

书架上摆设了一些植物，好喜欢。

很多地方想CTRL+C（复制），CTRL+V（粘贴）

完完整整地搬到我家里来。

Part2. 积

#

分歧与重叠的时光

我们两口子都喜欢书。
我看完的书给老公看，老公看完的书再给我看。
对于书里内容有喜欢的部分，有值得思考的部分，
有时候想法差不多，有时候完全不一样，
就这样有分歧有重叠，
围绕书展开对话，好喜欢这种感觉。

穿越苍穹

看着同一处风景，哼着同一首小曲，度过快乐的旅行时光。就算我们两人同一时间在同一空间，可就在那一瞬间，我们的想法说不定差了十万八千里。不过重要的是，我和他肩并肩地通过了那个时光。或许这就是我们唯一能做的。

#

一起摔倒就不会那么丢脸了吧

那天是去安东旅行!

着急忙慌地走在大街上,

然后以特别标准的姿势摔倒了……

路面很滑……

注意在雪地上防滑哦!

#

面包力充电！

年纪越大，就越能体会到体力的重要性……

可是更重要的应该是……面包力？

来到了安东有名的面包店——MAMMOTH，

为面包力充电！面包粉丝的快乐下午。

\#

心疼你，为你求福

山神堂的那棵树，好像能成就我们所有人的梦想……

那么多迫切的愿望挂在树上摇摇晃晃的。

可是现在最迫切的，莫过于所有人的安宁……

#

真的没关系吗？

去了安东河回村的世界面具博物馆。意料之外，除了我国的面具，还有很多其他国家的面具和娃娃，很有意思。仔细想想，面具就是遮盖脸部，或者隐藏情感的夸张道具。我们在表情或话语中隐藏了真心，犹如戴上了面具。什么时候能听到面具后面的真实故事呢，什么时候能理解TA说没关系时的内心世界呢。

#

我也悄悄地问了她，你还好吗？

生活中的我们，

内心充满了悲伤，喜悦，伤痛，希望，绝望，

还有闪烁。

透过一面明镜观察自己，

只要默默地看，静静地听，

其实这样就足矣。

#

不同的记忆

哇，真好……
马上睡着了耶……
半小时后
醒啦？
啊……
你真逗。
我太困了，要睡了。
晚安啦……呼呼……
你不是一直在睡觉吗……
他是这么认为的……
可我一点都记不起来呢……
哈哈哈

微妙的差异

似乎有着微妙的差异。

#

再利用

结完婚才发现，生活上用到的一次性用品真的好多。包装用的塑封膜也多，出去买东西时用的塑料袋，还有纸，一次性容器，等等。以前想都没想，用完就扔，开始自己做家务后正努力把这些消耗降到最低。比如去买菜时一定会带上袋子，尽量用毛巾或抹布代替纸巾，食物打包回来吃完，尽量回收利用一次性容器……这么努力，还是有很多一次性用品要扔出去。不过只要努力一下，还是能减少一些呢。

\#

不知不觉地

妈妈来我家了，带了橘子和柿子，抄鳀鱼和酱牛肉，还有酱牛蒡、海苔、泡菜等等。出去和妈妈吃了美味的午餐，买了妈妈和我的衣服以及袜子。顺便还去了美容院做保养。和父母分居两地，在一起的时间太少了，总觉得过意不去。结婚后更加思念感同身受的存在——妈妈。这么一想，我正在像妈妈一样做饭，像妈妈一样叠衣服，像妈妈一样打扫房间。不知不觉中，我也在成为妈妈。

12月的情人是雪人

为了去看圣诞节的弥撒，
去了明洞的天主教堂，偶然遇见了朋友。
朋友说她经常带这位大朋友一起来。是雪人！
圣诞快乐！

#

我的小世界静悄悄

集中精力画画，有时候会有那么一瞬间，

我与世界分离，那里只有画和我。

耳朵里传出“砰”的响声，外部的一切声音

都消失得无影无踪，鸦雀无声。

那个瞬间，我是谁都不重要了。

那个瞬间，只有忙乱的手和画。

周围的人们，家具，汽车，建筑物，统统都消失不见。

喜悦，唯有停下画笔时才能体会。

那瞬间，我感到好幸福。

#

宁静的深度

世界悄无声息。

你听到的一切胡言戛然而止，窗外雪花飘落。

无所畏惧的你遇到了人生道路上的大坎坷，

在这深邃的宁静中得到慰藉。

——柳成龙，《生活的旅行者》

#

瞬间，永远的现在

最具自然美的风景。

天空的颜色太美，

画着画着，太阳下山了，世界变得暗沉。

擦身而过的瞬间，想留住又无法挽留的瞬间……

但总有一天会重新见到的瞬间。

#

多情多义的人

被收尾工作折磨得一塌糊涂的宅女作家朴某。

老公自荐体验一日主妇生活。

做饭，洗碗，洗衣服，买菜，打扫卫生……

谢谢你哦……多情多义郎:)

#

好香甜

事情越多，就越想做别的事情。

突然说要做咖喱，拿起土豆就开始削；

总觉得满地灰尘，拿起抹布就开始擦；

还得改变一下书桌的布局。

看似都是工作前的准备活动，

但问题是这个准备活动太久了。

不管怎样，时不时地做点别的事情，好香甜……

风总在鼻梁前徘徊

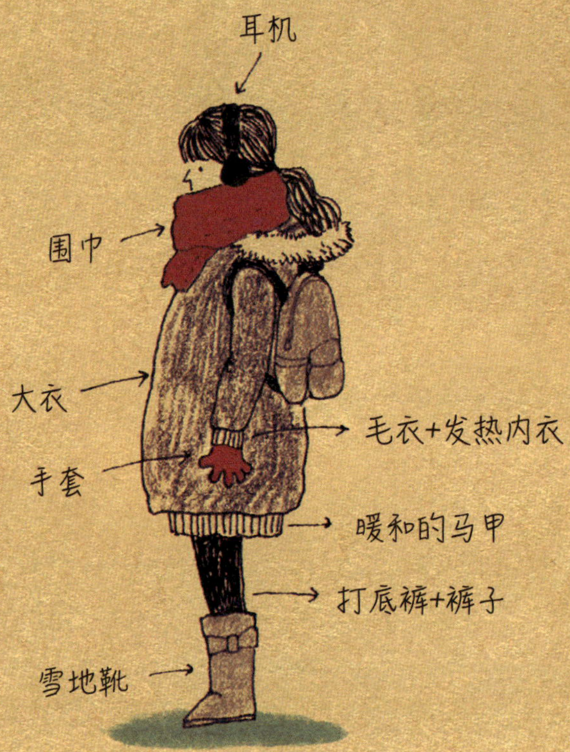

我面对寒冷的态度。

\#

发生意外

和朋友去了奶茶店。选完饮料，正要拿在手上呢……

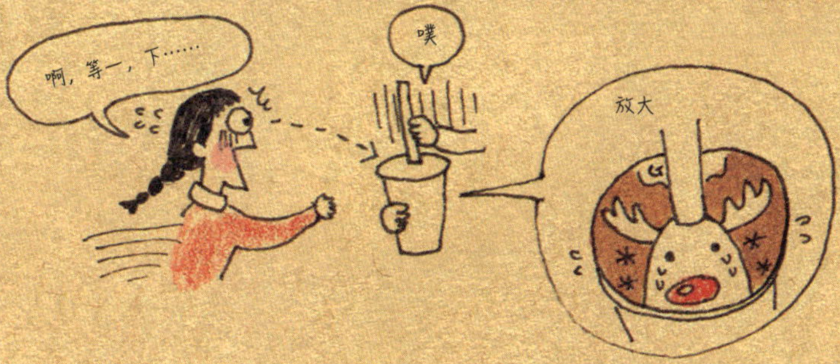

真是无法接受的面孔……

当空洞的一天被填满时

这是一天中我最喜欢的时光。

早上太阳升起时，窗外建筑物的左面被染成了粉红色。

不错过这个时间，我的一天就非常快乐。

还有一次这样的时间。
就是太阳下山时，右面被染成黄色的时候。
不错过太阳传达的这最后一份温暖，
原以为空洞的一天，就这样被填满了。

#

累点也没关系

上次去国立现代美术馆，
因为体力低下，没好好看展览，
总觉得太可惜，想再去好好看一下。
这次总算胸有成竹地来到了美术馆。

可今天仍然一败涂地。

真的蹲在了一个旮旯里。

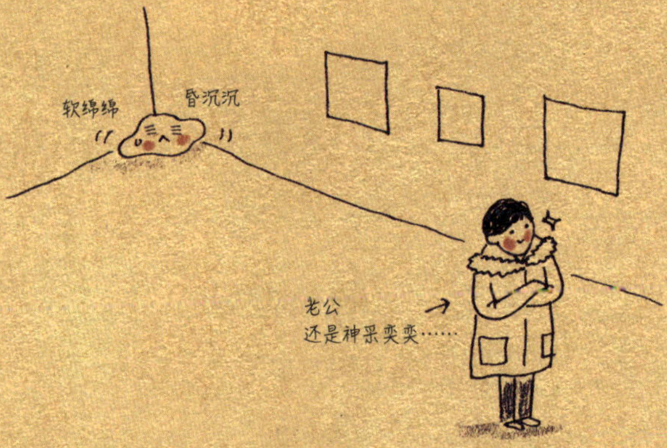

#

属于我的恬静时刻

在家画画时一般喝手冲咖啡。
把滤纸放进滤杯，手动磨咖啡，放两勺咖啡粉，
倒一点热水，等1分钟左右。
然后再倒一点热水等2分钟，让咖啡冲下来，
这样3分钟就可以完成一杯手冲咖啡。
好像在完成“咖啡=画画”这种公式一样，
习惯性地喝咖啡的我，觉得有咖啡是万幸的我，
是一个不折不扣的咖啡因中毒者。

在珍贵消失前

首尔站右侧有一些神奇的旧建筑，一楼有很多卖鞋的小店。小时候经常会路过那里，所以是很思念的地方。夕阳西下的傍晚，来到了许久没来的地方，小店里没有一名客人，只见店主叔叔在扫皮鞋上的灰尘。不知不觉，鼻尖酸了。多么希望这些小地方的小店能生意兴隆，长久不衰。如果这世界上的所有人吃同样的饭，喝同样的水，穿同样的衣服和鞋，看同样的事物，那么该多奇妙……珍贵的，需要由我们自己守护。

一阵阵袭来的担心

1. 关上门。

2. 走一会儿就会有疑问。

3. 重新回去吧。

4. 门锁得好好的。

5. 再走几步，又会有疑问。

6. 担心就这样越滚越大。

#

红豆行

姐姐最喜欢红豆，为她去准备红豆生日礼物！

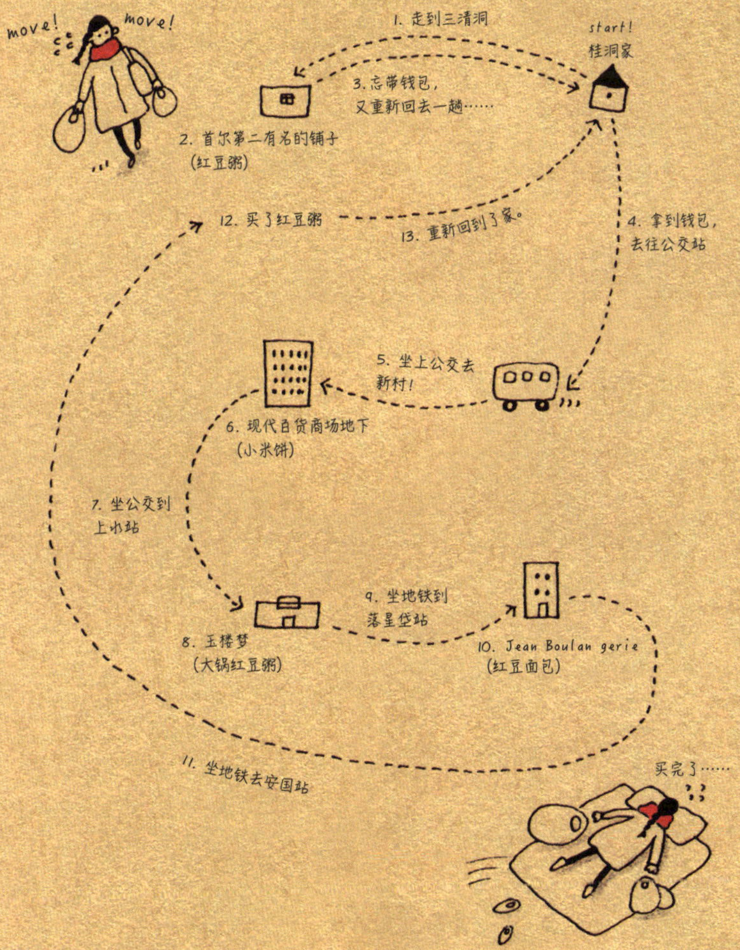

#

所以能不能拉上我的手？

一个人跑很容易累，
而两人一起跑能跑很久很远。

“不要走在我后面，因为我可能不会引路；
请不要走在前面，因为我可能不会跟随；
请走在我身边，做我的朋友。”
——阿尔贝·加缪

#

各自的时间

有人会见见朋友为自己充电，缓解心情，
有人却因为见人消耗了过多的能量。
他们需要停留在自己的空间里，
这样才能为自己充电，重新振作起来。

生活的重量

我怎么总是这么多包袱……

Workroom

下午一点的工作室

(一动不动)

只要一进来就出不去的工作室……
只要一坐下就起不来的办公桌……

工作就是为了成就梦想或得到适当的回报，在指定场所里做一定时间的身体活动或大脑活动。娱乐是好几个人聚在一起欢快地玩耍。如果这个地方能成为介于工作和娱乐之间的场所就好了……

可爱的生活达人

啊！
落地了
嘿咻
呼~
嘿！
呼
呀！
呼~
呼~
老公，快回来吧……
这个男人
什么时候变
这么可爱了……

\#

爸爸

我和爸爸很像。固执，喜欢工作，性格特别急，个人主义，喜欢动物，觉得内心比外表重要很多，总是节约，看似刚强实则多情多义，只要认为正确就奋不顾身……爸爸那双粗糙的手布满了茧子……从小开始就一直很尊敬爸爸。今天早上上班路上搭爸爸的顺风车时，爸爸说："我好像突然变成老人了，身体和内心都是……"我听到后好惊讶。从侧面看爸爸，耳朵上面的白发让我好悲伤啊。

一生的作业

一切生命终究会老去，会死亡，他们都不是自由的。但是我希望至少我的家人和我的朋友能一直保持健康。现在想想都害怕，要如何与死亡，与永远的离别相处，这大概是需要一生去完成的作业吧……

#

一尘不染的时间

其实也就是从昨天过渡到了今天而已，怎么会这么精力充沛了呢？不管怎样，能有个借口为自己加油总归是件好事。为了全新的出发而产生的时间的节点，全新的起跑线……感谢送给我一尘不染的，洁白的时间！

#

你说已经晚了

在一个公交站和一位20多岁的女学生聊了几句。她问我："以后想做什么？"我听到后突然领悟到：啊……我还是可以拥有梦想的年纪！就算到了40岁，50岁，甚至成了老太婆，我依然可以拥有梦想，怀抱青春。建立目标，为目标奋斗，任何时候都为时不晚。

这才叫冬天的最后

什么时候能和羽绒服、雪地靴说再见？让我们感觉到从冬天过渡到春天、从春天过渡到夏天这种季节变化最明显的就是全副武装的人们变得一身轻薄时，浓郁的颜色变得清新时，厚重的围巾换成了轻飘飘的连衣裙时。那时候就想，总觉得不会离开的季节还是走了，该来的季节已悄然出现。艰难的时刻也终究会过去，所以，再忍忍吧。

Part3. 萌

#

我们重新相见时我会是什么样子

人与人之间的因缘奇妙无比，
一些人只是从身边擦肩而过，
可有一些人成为慰藉与欢乐，是彼此的朋友。
回想起来，有很多有趣的人，
只要错过了哪怕是一个条件，说不定就不能邂逅……
所以说因缘可贵:-D

#

幸福的糖

喜欢的事情多，这不算坏事。

就像玻璃瓶中五颜六色的糖果一样，

拿出这个尝尝，拿出那个尝尝，好幸福。

工作就像把这些糖果藏在生活的各个角落一样，

虽小，但带来了宝贵的快乐。那是生活的源泉。

所有的乐园

沿着龙首山Biwon的小山坡爬上去，
俯瞰昌德宫，就能见到这般美景，古色古香。
这个地方还有小胡同，小山坡，小店铺和小房子，好喜欢。
我们的生活乐园不只有人，
还有砖瓦、树木和风儿，这是我们共同的乐园。

#

叮咚，快递来喽

小姨的橘树，跟了她这么多年，
每一颗橘子都是她精心栽培的结果。真甜，真好吃。

#

小心感冒哦！

盖了毯子，套了毛绒袜，穿了厚衣服，喝着热乎乎的茶。

不过还是感冒了。

他咳咳地咳嗽，我也咳嗽。

他阿嚏阿嚏地打喷嚏，我也打喷嚏。

\#

帽子们的祈祷

嘉会洞的教堂没有华丽的装饰，
里面是现代风，很淡雅。
印象最深刻的是窗外的风景，能看到南山塔。
还有弥撒时窗台上摆得整整齐齐的爷爷们的帽子。
那些帽子，是不是也在祈祷呢。
爷爷奶奶为了自己的儿女子孙祈祷，
帽子们会不会为了自己的主人祈祷呢。
我听到了平和的圣歌。

#

熬过了苦寒，就会迎来春天

听到垃圾袋的撕拉声，我赶忙出去查看，

原来是一只小猫。

它慌忙跑到了台阶上，用圆圆小小的眼睛看着我。

“原来你就是经常光顾我家，还把我家当成洗手间的家伙呀！”

这么想着，拿来了好多水和食物。

关上门进去，听到了吃东西的声音，嘎嘣嘎嘣，吃得还挺香。

希望我们身边的小动物都能顽强地度过冬天。

熬过了苦寒，就会迎来春天。

奶奶，您一定要健康长寿啊！

去车站的路上有个花坛，总能看到一位老奶奶坐在那里晒太阳，表情很明亮，每次看到后都觉得心情棒棒的。我和她说“早上好”，有时她回答“上班这么晚啊”，有时说“哎呦~我都不知道是谁了”。不管怎样，看到那位老奶奶像小孩子一样天真的笑容，就感到莫名的欣慰。我和她再打招呼，或许奶奶仍然会说“这位姑娘是谁啊”，不过明天，后天，每天都要和奶奶打招呼，看她微笑。奶奶，您一定要健康长寿啊！

不美的事物更美

我走路时喜欢左顾右盼，所以这样的小路简直让我欢喜得不得了。小小的旧建筑很多，走在胡同里就像探险一样。年头很久了的酱缸，失去叶子的树木，生了锈的台阶和大门，污浊的窗户，四角残缺的瓦砖，静静的花盆，陈旧的房顶……古老的时间中，不美的事物更美。

#

闭上眼睛就能用全身感受春天

告别一个季节，迎接新的季节，心情轻飘飘的。

春天总是这样，每次都像第一次迎接它一样。

今天是不是春天的第一天呢？

花儿最喜欢春天，好想和它们在一起。

\#

我自己的速度

不要受周围任何事物的影响，不管快慢，
用我自己的速度，不紧不慢地走着我自己的路。
虽然世上有很多优秀的人，
值得羡慕的人，可是，我，世上也只有一个。
一起加油哦！

#

相遇的空间

去了趟洪大前面的“Your mind”书店。本来还怀疑，这种地方真的能有书店？然而，沿着阶梯认真爬上去，伸手开门，映入眼帘的是一个房屋形状的书架直伸到屋顶，各式各样的书本在翘首盼望着它们的主人。把书拿到手上，那厚重感与纸的触感都让我欢喜得不得了。寻找各种各样的书，从书架的这边转到那边，好幸福。站在那里看书，偶尔能见到认识的人。喜欢书的人们，和这些书一样可爱的人们，见到他们好高兴。书店就这样成了一种相遇的空间，连接书与人，人与人。

#

敞开心扉

そして父になる。

是枝裕和导演的《如父如子》

庆多君和父亲都歪着头照相。
成为孩子的父母，虽然还不是我能把握的事情，
不过总觉得能体会其中的一二，莫名地伤心起来。
把自己的时间献出来，其实就是敞开心扉。

#

风景的渗透

我喜欢看着窗外大雨如注的风景，还喜欢听雨声。不过很讨厌在外面淋雨，当然更讨厌鞋子湿湿的感觉。小时候好像会穿上雨衣和雨靴，或者干脆光脚跑出去在雨中戏耍。现在不是淋着雨嬉戏，而是看着他们微笑，看来我也成为大人了……总有一天，我要在瓢泼大雨中穿上雨衣，像小孩子一样欢快地玩耍，或者像一只鱼儿一样，自由自在地在雨中摇曳。

#

我书桌前的小宇宙

独自坐在书桌前静静地，让梦想发芽……
梦想不一定都会成真，但我仍然可以继续。

《白日梦想家》

不久前……

第二天

过两天见到的朋友……

再过了好几天……

今天终于去电影院了。

然后我也成了那种状态……

"开拓视野，冲破艰险，

看见世界，身临其境，

贴近彼此，感受生活，

这就是生活的目的。"

——电影《白日梦想家》台词

某种羡慕

老公做梦，梦见带了四只猫咪回家。

好羡慕梦中的老公。

#

我自己的意识，仪式

打扫完房间，刷完碗筷，
打开香薰精油，
再冲一杯咖啡。
开心的一天
就这样开始了！:)

With you

来到了北汉山的“白云路”。只不过是几站公交车的路而已，在树丛间爬上爬下，就好像是来到了离首尔很远的世外桃源一样。好想把北汉山周围的所有21条小径都走遍，和此时此刻陪在我身边的人一起……爱，就是不管冷热，都可以陪你去散步，然后和你坐在一起享受着迎面而来的风，在迷人的风景里不让你孤单一人。

#

面对离别我们无可奈何

看了《时空恋旅人》，最后屏幕出现字幕时我泪如雨下，呜呜呜呜。人终究有一死，这个事实让我感到非常无力。看了这类电影后就会想："是啊，要感谢每一个瞬间，一直以幸福快乐的姿态活着。"这样的人生观也会让我们领悟到活着是多么幸福的事情。一点小事也会开心，心生谢意。要对自己爱的人更加好，经常打电话，一起度过美好时光，那么就会更加爱那些人。可是不管是否情愿，总有一天要与这些欢乐时光说再见，与这些可爱的人离别。忍耐这种悲剧的方法，只有爱。尽最大的力量感受幸福，死一般地去思念。

#

心中的家

有一天一个好朋友跟我说，我是她“心中的家”，听到这样的话我好高兴。虽然不确定自己是不是那样的人，不过假如我心中有那样的家，希望它小而坚固，庭院大得能容纳很多人和事物就好了。

某人的辛苦

破旧的香油店铺，一位叔叔骑着摩托车，后面载满了汽水瓶。
我眼前的这个风景，果真是21世纪的首尔的一幕吗？
守住了什么的人，还有一直坚守在那里的店铺……
而且还很整洁，井井有条……
我停下脚步，观看这温暖的风景，
是谁的默默无闻与兢兢业业？
这世上，有太多值得我们去感谢的，比我们想象的多很多。

#

时间与时间之间

亲切的咖啡师与美味咖啡的搭配——全光洙咖啡屋(桂洞店)。很久没画这样复杂的手冲咖啡的画了。认认真真地画线，脑子空空的什么都不想，觉得好幸福，画了好多笔。突然觉得对之前的生活都好苛刻呀。虽然物理时间不停地流转，可那些时间里的生活有时会停止。从一个时间点过渡到另一个时间点的时候，为了阻止生活惯性而停止按步就班的时候……这种空白时间，只要喝一杯咖啡的时间就足够了……

绕行

如果有一件事必须要做，
我们有时会选择无限的弯路，而不是直径。

#

理财

以后不再参与我的购物行为了……哈哈哈

#

传染，让心情棒棒哒

坐公交时偶尔能看见……

相同路线的公交从对面跑过来，正好与我坐的公交擦身而过。

这时两位司机叔叔会眨巴眼睛，或者摇摇手，互相鼓励，互相加油。看到这样的情景我会觉得好感动。不知不觉很开心，嘴角会扬起笑容，我也好像得到了力量。

下午5点，担心的影子

担心这，担心那，真是不省心的一天。

只希望我担心的影子不要给别人的一天带来什么阴影。

真希望所有坏事情都能迎刃而解。

发生即快乐，

结束非伤心，

希望接下来的事都是这样的。

经常忘掉但又很重要的

我要更加爱我爱的人。

更加珍惜我所珍惜的人。

不要给让我感到舒适的人带来伤害。

要真心实意地宽恕别人。

……

信任积累那么难，那么久，可要失去它就太容易了。

#

日光浴

下午办公室最温暖的地方，

就是阳光和煦的阳台。

去扔垃圾，然后在原地站了好久。

心想，太阳好伟大啊……

#

天国

和很久没见的朋友一起去喜欢的咖啡厅“日日”吃午饭。
精美的饭菜下肚，就好像身心都被治愈了一样，感觉很好。
郁闷时会吃好吃的东西，这样就能让心情变好。
和好朋友一起吃美味的食物，享受快乐的对话，
不知不觉中笑得很欢乐。
活着还能有什么，这就是幸福嘛……

生活中最大最多的苦恼

因为一个人待着的时间更多，所以饭也常常是自己吃。总是出去吃呢，就会厌烦外面的食物；总是自己做饭吃呢，又会吃腻自己做的食物。所以来回不停地换来换去的……可是不管是出去吃还是在家吃，吃什么是最关键的，也是让我最为难的。哎呀，一会儿晚饭又要做什么吃呢？

讲不完的故事

和几个朋友见面开始聊天，
设想未来，各种讨论……

回家后，还在继续……
总觉得这是个艰难的夜晚……

人的空间1

去看了建筑师伊丹润的展览——“风的雕塑”
阳光普照，天高云淡，生机勃勃，建筑物美轮美奂。
这些建筑物出生的空间……
画廊里再现了伊丹润老师的建筑空间，我从中感觉到了一种宁静。
浓缩了众多苦恼似的宁静。手的痕迹，铅笔的声音……
空间，是不是就是再现了停顿在那里的人呢。

“投射人的生命的愿望如果不够强烈，
就不可能诞生给人们带来感动的建筑物。”

——伊丹润

#

人的空间2

结婚后，家人变多了。
奶奶的旧房子从春天开始了装修工程，
到了秋天中秋时分，大概就会失去原来的面目。
到时候摆在我们面前的是焕然一新的房子，
与奶奶度过了终生的家。
奶奶家里有奶奶的味道，好想念。

关心关心我吧！

最近因为家里下水道出问题，需要最大限度地节约用水。
洗手间有点阴凉，以前都是用热水洗很久，
可现在不得不要最大限度地减少排水……

迅速地洗脸

敏捷地洗头

快速地洗洗身子

以最快的速度冲洗。

太悠闲了吧……

少量的水也足够洗遍全身了，
以前是不是浪费了太多的水呢……
好像说减少热水使用量都能减缓地球变暖耶……

#

生活的魔术

去朋友M家玩，学到了乳酸菌酸奶的制作方法。

把牛奶倒进宽口的容器里，放在暖和的地方，

第二天牛奶就变成了黏稠的酸奶。

只要在容器里放一丁点儿牛奶，它都会变成酸奶……

世界上有好多事因为我们不懂而不会享受。
勤奋的人总比懒惰的人更丰富更愉快，
成为生活的魔术师的概率比常人更高。

饭 = 爱

老公要出差三天，
我带上好多画画工具，难得去了趟娘家。

第一天……

第二天……

第三天……

到家了……

这三天老公出差，我好像去休假了……

感谢父母无限的爱。

一直都是“饭＝爱”哦。

#

Ta很痛

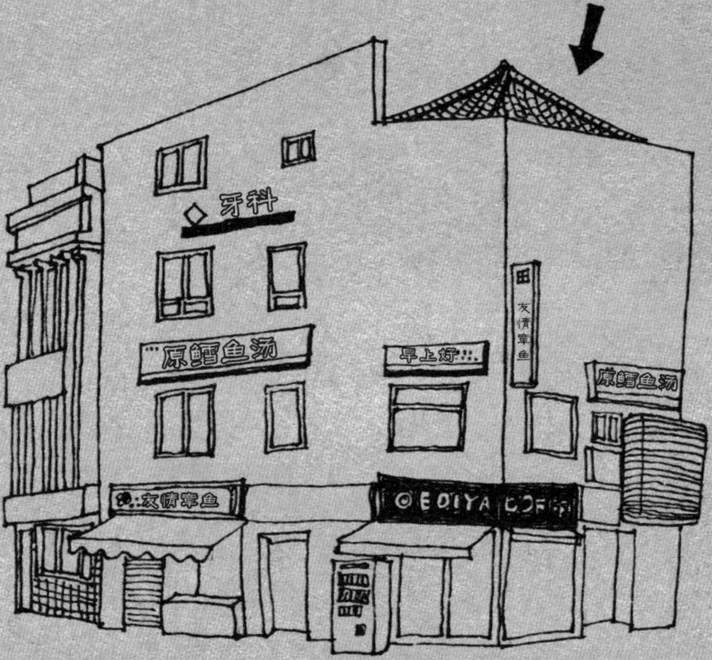

钟路还留有很多神奇的建筑。
都是一些能感觉到城市发展的建筑。
有些是韩屋和洋房奇妙地结合在一起，
有些是从墙壁凸出来一间屋，
还有一些是在建筑之间用墙壁搭建起来的小房子。
很多是为当下需求，在原有建筑上翻新或重新修建的。
我们无法停止勇往直前的生命，
但很多时候不是竭尽全力，
而是避开最危险最恶劣的情况。
这些建筑也一样。
那些建筑都抱着“实在没办法”的现状，看着好悲伤。
在那里生活，穿梭自如的人们，大概也是难舍难分吧。

⁂

每天的每天都是人生

10年后，20 年后，我会成为什么样的人呢？虽然现在还不知道，但有一点还是明确的：所有的今天凝聚在一起造就明天。今天看的书，欣赏的电影，吃的东西，分享的对话，经历的事情，看到的风景，遇见的人……芝麻大的小事情积攒在我的内面，成了明天的我。所有的一切都是珍贵的。就算明天世界会灭亡，今天仍然要种下苹果树的故事，即使算不上什么大义，最起码是想说要竭尽所能完成今天吧？我今天也在种树。虽然还不知道会开什么花，结什么果子，是杂草还是干脆长不起来的弱小生命……

#

相机的另一边

我好奇人们为什么那么疯狂地拍照，

于是我去到他们边上了。

#

论“始终如一”的伟大

窗外是韩屋错落有致的风景。
看着一模一样的楼房时也想过，
人们在差不多的房子里吃饭喝水，同样都会睡觉，
可是各自过着不同的人生，好神奇。
年轻时很喜欢“不一样”，
以为那“不一样”是很特别的，
可是日复一日年复一年，
才发觉那些无聊的事情其实很伟大。
一天三顿做饭吃，枕着陈旧的枕头躺在床上，
每当换季整理衣柜，每次见面问候朋友……
“始终如一”是很宝贵的。

或许是因为春天来了呢

在大街上时常能见到抱着花盆或花束的人。
小店前面绿油油的花盆排成了一小队。
春天是大自然的窃窃私语……
人们也在准备着自己的故事，
和心意相通的某人窃窃私语。

最容易丢失的是

在书桌上堆满喜欢的书，然后慢慢看。乱涂乱画拍照摄像。没事出去晃荡，去陌生的地方旅游。学一门技术。摆弄着手指制作手工。

开始工作，一忙起来就分不清昼夜，这时候最先，最容易丢失的竟然是我最喜欢的东西。没有它们照样可以活，可是没有它们我很难过。回想五年前帮助我找回自己的事情——现在几乎不做，内心的某一处好无奈。归根结底，我并不想成为有名或伟大的人，只想做幸福的人。我想找回能找回自己的事情。

#

照看：连同看不见的都能照顾好的事情

3月11日，福岛核泄漏事故已有三年了。

早上想到被害者和留在那里的动物，不由内心沉重。

我们真的很安全吗？

只顾眼前的事情，我们往往会忽视最重要的东西……

总不能向远望去……

这是为什么呢？

真正要照看的，我们总是会漏掉……

#

真诚：真心实意，诚心诚意

日本空气乐队的演出，好喜欢。和我期望的一样，看演出时感到很充实，心情棒棒的。喜欢的一首歌，大家一起合唱了两次，心中莫名的小感动。优美的旋律中若隐若现的小朋友的笑声，还有大家嘴边的微笑。最后一首重复的歌曲把歌词翻成了韩语，虽然显得有些生涩，但那份真诚的心让在场所有人都好感动。真诚就是竭尽所能，真心实意，还有比这个更让人感动的吗？随着旋律身体不由自主地摇荡起来，那些幸福的瞬间全部沉淀在内心中。

我想成为这样的人

在无意义的世界中寻找意义，或许这就是人生……有人说活在当下都是如此，何必心灰意冷。有些人很坦率，很绅士。有些人不会用冰冷的话判断他人。有些人还没有放弃梦想，仍然朝气蓬勃。有些人即使上了年纪，话语中还带有几分生涩，显得有些羞涩，动作也小心翼翼的。我想成为这样的人。

#

希望你每天都来

早上坐在太阳下面，昏昏欲睡的一只小猫。

看了看从远处凝望它的我，

然后又重新靠在墙上打瞌睡。

看着这样从容不迫、慢条斯理的小猫，

这个早上我也感到好困倦。

希望你每天都来。

\#

寻宝

首尔也有很多美丽的近代建筑物。

不刻意寻找，就能看到很多。

也就是说，

只要想看，这个世界上就有很多能看到的……

我没发现的美丽还有好多……

Part4. 守

#

我喜欢动物

我喜欢动物。
喜欢小狗，
喜欢小猫，
也喜欢画小狗小猫。

其中最喜欢的是
画小猫小狗的脚掌。
最后一笔画小脚掌心时，
心都要化了。

#

我喜欢早上

#

书桌和一天的共同点

其实书桌是很宽的……

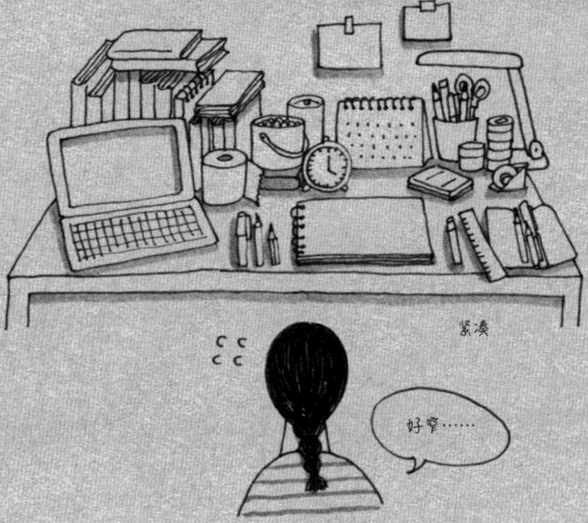

书桌上摆放了乱七八糟的东西，所以实际用起来空间好小。

何止书桌这样？

衣柜，房间，大脑，心情，一天，一年，人生……

#

大猫进行曲

回家路上，在一个小胡同里偶遇了一只大猫，
它正叼着一条鱼。

虽然一开始好像很惊慌，但是大猫马上叼着那条鱼，
兴高采烈地转身走了。
背影看起来兴高采烈的……

季节和你说“你好”

看到风信子美观大方，好诱人，就买了两盆回来。
一个紫色，一个粉色。紫色是原来想好要买的，
粉色是因为花店阿姨极力推荐才买的，
阿姨说味道独特，而且很美丽。
我们给它们起了名字，紫色的叫黑子，粉色的叫蒂娅。
花朵还没有绽放，
但已然香气怡人。
就好像春天大步向我迈过来一样。
把季节带进家里，好喜欢这样。

#

现在也很美丽

过了好几天，粉色花瓣有一些干了，

才发现一碰就会哗啦啦地掉下来。

轻轻一摘，看到花枝有点发霉，它生病了。

好伤心，心里想立刻抱去退钱，

可又觉得它好可怜，忍住了。

不能因为不完整，有瑕疵，就把东西甩给别人。

现在你仍然很美丽。

你在以自己的方式认认真真地开花芳香。

我闻着那股香气，内心也充满了力量。

某一天的旅行者

虽然在首尔生活了很久，

但是用第一次来首尔的旅行者的眼睛看，仍然有新发现。

大大小小的路标，好有感觉的咖啡厅，各种各样的路边的树；

还有数不胜数的路边小花，冲向天空的天线，

遥远的山峰，东张西望的人们，老店铺；

还有向陌生人引路的亲切的人，穿校服的学生，

瞬息万变的红绿灯……

俯瞰首尔的每一个角落，像给每一个风景拍照一样。

#

春天的特权

只是天气稍微变暖而已，

人们的衣装变得好清新，大街小巷生机勃勃。

有一种季节，

叫随便坐下来就能画画。

\#

用一辈子思念的惩罚

保尔小时候只要看见我盘腿坐，
就会爬到我腿上，把身子蜷缩得圆圆的，然后睡觉。

（12年前）

保尔长大了以后也一成不变，看到我盘腿坐
就毫不犹豫地爬上来，拱着大屁屁坐下来，
好像脑中还留有儿时的记忆。

太重了，我使劲推它，可它一动不动。

现在那只小狗和大屁屁狗狗都走了，
只剩下沉重的悔恨和深邃的思念。

我是很久之后才明白不会说话的动物的苦衷，
我要用一生来对不起它，用一辈子来思念它。
是的，这是对我的惩罚。

Right now!

后悔时为时已晚。
能拥抱时就要给予温暖的怀抱，
能说话时就要亲口说我爱你。
我们向某人说我爱你时，
说不定TA等这句话已经等了很久很久。
只是一句简短的话而已。

#

礼尚往来

最近周末会打打羽毛球，运动运动。
一开始连5个都打不了，现在能打30多个了。
（当然一般也就是5—10个，偶尔有这样的时候……）
不管怎样，运动量还不小，全身汗淋淋的，心情也愉快。
虽然只是轻巧的羽毛球拍而已，
不过有种礼尚往来的快感……
金叶连翘下周一定会绽放出它的美丽来吧。

#

我想成为美丽的白发奶奶

以前发现一根白发就激动得不行，现在已经坦然接受了。
不动声色地自言自语：“又拔了一根。”
我想成为美丽的白发奶奶。
年纪越长越大，这都是自然的过程，
希望就算身体变老，精神还是保持高度灵敏……

#

人与人

恋人关系，朋友关系，家人关系，我以为这些都截然不同，
可现在发现都是人与人的关系。
喜欢心爱的人，照顾TA，担心好朋友，惦记TA，
理解家人，关爱家人，原来这些并没有什么不同。
不会因为是朋友而少关心，也不会因为是家人而不受伤害，
更不会因为是恋人而不失望。
我们都互相爱着，失望着，互相打击，失魂落魄，
感到幸福时，欣欣然微笑。

人生要比想象的长多了

小时候以为成人了就不会有苦恼和抉择，可到如今并没有什么改变。我选择的是正确的吗？是不是忘记了什么？要采用什么，丢弃什么？是不是我放弃选择的才是正解？人生这个庞大的考试题里，果真有正解和错解吗？

人生要比想象的长多了，所以当时以为是错误的，过了一段时间回想就觉得，啊，还不错哦。可以确定的是，认真思考，用自己的想法选择的答案就算结果令人惋惜，也不会有后悔的想法。当然，大道理是这样的……我现在的选择是不是正确的呢？

今天也同样摇头晃脑，在摸索中前进。

美丽的力量

为了拍下盛开的樱花，专门去了趟正读图书馆，
美妙的瞬间可不多。
很多人仰望着樱花，嘴边挂着微笑。
有一位年迈的大叔也拍了几张照，然后羞涩地笑着，
好像这样的举动对他很陌生。
美丽的事物能让人们满怀笑容，能带来幸福。
它们还能让世界变得更美妙，更丰富。

那就是人生吗？

从韩国移民到加拿大，然后又重新返回韩国的一家人，在混乱中最终找到了自己的位置——纪录片《我的地盘》。

成了大人，我们仍然会彷徨。我们需要用一生来寻找自己喜欢的，想要做的，更加了解自己，或许这就是人生吧。突然想起在电视节目中听到的郑惠信博士的一句话，印象深刻："在一个人最孤独、最简单的时候，要做自己的精神支柱。"

轻轻的，暖暖的，希望夜晚快点来临……

天气好的时候，到处都能看到有人晒被子。
被阳光晒得干爽，还留有飘香，
我想象着盖上这样的被子睡觉。
那被子就好像阳光，像某人温暖的内心……

出游

金叶连翘盛开的鹰峰山，春游去喽。

春天在说悄悄话。我们一起玩啊?

看书的时候

看书的时候最起码不用说话。看书的时候最起码不用干活。

叔本华说过："买一本好书，其实是连同读书的时间都一起付款了。"

#

只要去娘家

只要去娘家，就好像回到了结婚前一样。很思念，很温暖……宛如重新变回孩童，不是某人的妻子，是爸爸的女儿。爸爸妈妈也是这么想的吗？

@付岩洞

老公在付岩洞一家视野开阔的咖啡厅办公，
突然他向我招手，让我过去，我这才看到风景。
有一只猫咪在房顶慢悠悠地走着，
小房子和树木，穿梭在缝隙里的阶梯，还有山和太阳。
哇，这风景，让我莞尔一笑。

#

@唐人里发电厂

季节带来了华丽的礼物。

人们看着它，

脸上浮现出世界上最幸福的微笑。

#

冰山

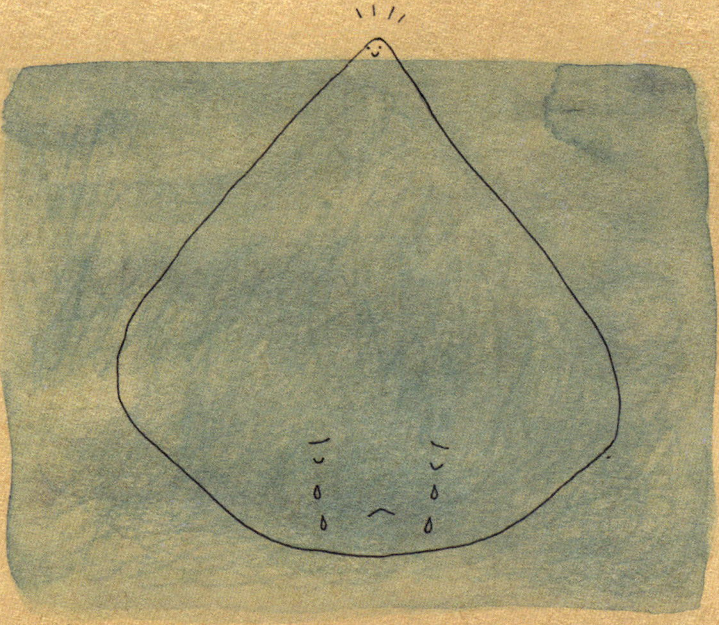

虽然看起来除了我自己，大家都很幸福快乐，

其实仔细看看，就会发现，

很多人只要轻轻触碰就立即变成一盘散沙。

都是脆弱的存在。

所以我们是不是需要互相鼓励，

互相拍拍肩膀呢。

火苗

生活要充实，五颜六色，
心中的火，绝不能让它灭掉。

活着活着，就活着了

看了原创音乐剧《西便制》。
我觉得我们的索里声[1]好美妙。
李紫兰的演出很棒，深受感动，
她的声音，给我留下了一句话，
我觉得会深深烙印在心底。
"活着活着，就活着了。"

1 韩国说唱形式的一种民歌。

#

我也会孤独的，一定会

下雨了，樱花也在飘落。

哗啦啦，哗啦啦啦……春天悄然离去的脚步声。
春天似乎也不舍得，没有马上离去，在我面前犹豫不决。

如果没有一个惦念的人

我们一家人每当到了过年、中秋、植树节、爷爷忌日时，都会去山上的坟墓。都是10多年前的记忆了，从小开始，直到爷爷去世前大家都一起上山，跟着爷爷在蜿蜒的小径一步一个脚印，然后到爷爷朋友的坟前向他们问好——都是比爷爷早走的爷爷的老朋友。

那时候觉得路途好遥远啊，怎么走都走不完。终于到了坟前，五个小家伙就会排成一队，给爷爷的老朋友鞠躬，然后一起拔杂草，再玩一会儿。那时候还不知道，爷爷去祭奠已故的老朋友，那种惆怅……多么孤独，多么思念……

和老公聊天，听着他的话我点了点头。或许爷爷每次去看望老朋友，也是不想忘记，想要永远记着他们……

#

思念，怀念，挂念……

虽然实际不可能，
但是可以用画表达:-D

爷爷~我是爷爷宠着的孙女正银呦~虽然过了很长时间，不过我永远不会忘记。爷爷经常给我吹口哨，每当我去看他，他都会给我俩照相，做运动时总会“哈！哈！”地发声鼓励自己。还有那帅帅的笑容，仁慈的声音。爷爷爷爷喜欢听古典音乐，每次打开录音机都会抬起手像指挥乐队一样。知道我喜欢画画，总会攒日历给我。我在上面画画给爷爷看，爷爷就呵呵地笑……

谢谢爷爷送给我可以思念的记忆。我要永远去怀念，挂念它们。爷爷，我爱你！

#

当它结束或消失

虽然花瓣都落了，但也没有依依不舍。

看着那些冲出世界歪头歪脑的嫩绿色新叶，也是很快乐的事情呀。

绿色手指

最近刚发现养植物和养动物都差不多，
是非常有趣的事情。
朋友说："正银也拥有一双绿色的手指呀！"
观察它们，给它们浇水，擦一擦叶子，用心去呵护它们，
这些花花草草就会长得很旺盛，很美丽。
说我是绿色手指的朋友，真心感谢他，
我觉得这句话也好美丽。
赠人玫瑰，手有余香。
朋友的话语里好像也有着美丽的绿色。

特别值得感谢的……

看到很美丽的韩屋，便久久站在原地拍照，回头一看才发现两名老外面带微笑，竟然在等我。然后仍然微笑着和我点点头，从我面前过去了。好绅士，好有礼节，感觉内心要融化了……

如果换作是我，一定会伴随着一声“不好意思”，匆匆离去。

按下快门的瞬间，我觉得还是令人紧张的瞬间。屏住呼吸，远眺风景，按下快门，这一切都是刚刚和他们一起完成的。好幸福，就像收到了礼物一样。

特别值得感谢的，有时没有任何努力也会不请自来。就像刚才，毫无期待的瞬间悄然来临……

#

用鼻子嗅一嗅

发现一支小花，

它茁壮成长

然后变成了一束紫丁香！

闻到香气扑鼻的味道，就被吸引过去，
就一定会发现花团锦簇的紫丁香。
我站在那里，深深地呼气，嗅一嗅紫丁香的花香。

那种人不会是坏人！

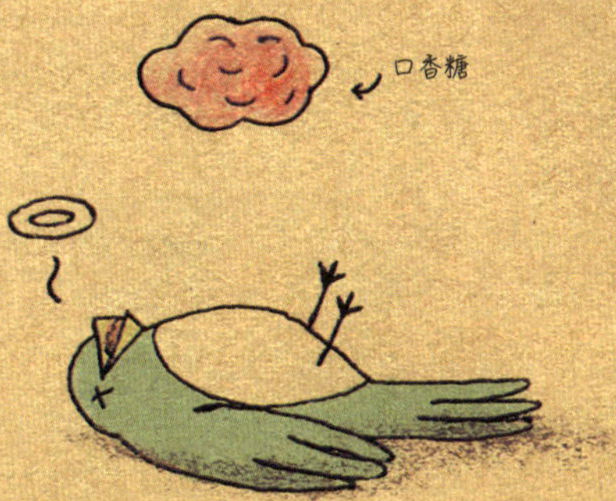

无意中吐出的口香糖，鸟儿会误以为是面包渣，
只要它们吞下去，口香糖就会粘在食道里，导致它们死亡。
不能在街上随意乱扔垃圾，
或者随地吐痰、随地扔烟头，
是因为从这些小小的举动就能看出他的全部。
如果没有垃圾桶，也会放进衣兜或包包里的人，
或主动捡起别人丢弃的垃圾的人，
又或是不轻易摘花，
而是看着花朵原本的样子能自我满足的人，
他们关爱比自己弱小的存在，我喜欢这样的人。
那种人，一定不会是坏人。

只是没有房顶而已……

厨房的小窗户总能看见幽静狭窄的胡同。
有时有两只小猫坐在路灯下，面对面地谈话，
有时是游客们紧贴墙壁照相，
偶尔还能听见快递叔叔叫喊着“快递来了”的声音。
朦胧的夜晚，回家的路。看着远处亮着灯的小窗户，
从踏入小胡同的瞬间开始就好像已经回到家一样，
心里很踏实。
虽然房顶没有够到那里，但那里很亲切，都是我的家。

#

缓慢的一天

走在桂洞的小巷，看着变化的和没有变化的，
想了想仍然需要坚守的价值观——有些是不能改变的。
欲速则不达，慢下来才能深入。
缓慢的一天！像那些没有变化的一样……

千万，一定[1]

遥远，心痛，感到无能为力的夜晚。

因为没能守护那么多生命……

因为没能去救援……

感到非常抱歉……

我用全身心祈祷，千万，一定要安息……

1 从此页到第191页均为作者关于韩国“岁月号”沉船事故的感触。

钟声也因孤独被敲响

钻进暖和的被窝里，把身体蜷缩成一个小圆圈。

人，竟是如此孤独……

#

不要把我放下来

有些悲伤，用言语是表达不出来的。

请你倾听，
我不能接受！
不要把我放在地上，
不要！

啊，但所有的一切
总有一天都会衰落，
我知道。
墓地不会是栖息地，
比活着更重要的，
我觉得这世上不存在。

——玛琳娜·茨维塔耶娃，《旧诗》

#

太过弱小，软弱无比……

让一把雨伞承担无止境的悲伤，它太过弱小。
活着的所有生灵都会感觉到某种绝望……
但愿希望之光能马上被点亮……马上……

#

等待

抱着手机的时间突然变得好长。

#

想听到的答案有太多

不管世界是怎么转的，人是怎么活的，大自然好无情，好绝情，不说一句话，只按照季节的变化，按照时间的流逝走着自己的路。阳光好温暖，树上的绿叶被阳光照射得透亮，这些我只能在路上呆呆地望着。想听到的答案有太多……今天也深深地呼出了一口气……

#

直到永远

去益山婆家之前，家里养的生菜叶开始干枯了。今天回到家见它还是那样，正想着要不要拔掉呢，老公发现有小苗，然后说再等等看吧。绝望中也是有希望的——也只能说这样的话了……

我今天也没有放弃，为他们祈福，直到永远。

part 5.耀

#

设身处地

去了趟济州寺泉自然休养林。那杉树的香气啊……

走在树林里，竟然看到了两条蛇。

第一次看到野生的蛇，着实吓一跳。

它们总要游到人们散步的路这边，

我心想：就待在树林里呗，干吗总想过来呀~

可又突然想到，是不是我们侵占了蛇的家呢？
蛇，松鼠，鸟儿，它们原本在树林里过得好好的，
人类擅自修了路，盖了房子，用围栏拉起警戒，
是不是这样的呢？
抢夺它们的，变为己有，然后主张是人类的，
这是不是正确的呢？
我给蛇让出了一条路，让它尽情地走。内心好复杂。

时间的信号

是什么时候变得这般姹紫嫣红……

五月原来是玫瑰之月啊。

太美了，美得耀眼。

时光荏苒，看似很无情，

但季节向我们发出了信号：

要把握住自己，不要放弃。

#

邻居的香气

猫猫狗狗比较多的地方，
我觉得也很适合人们居住。
小动物是比我们弱小的存在，
如果是能与它们分享心情，热情相待的人，
我觉得一定能成为友好的邻居。

时光机

有段时间用CD播放器听音乐。那时候只要买到了喜欢的专辑，就会连续一个月两个月不停地听。所以不知不觉中就知道了什么时期流行什么音乐，到后来听到了某个时期的音乐，就像坐上了时光机一样，回到昔日，沉入回忆中。

自己喜欢的乐队出了新专辑，就毫不犹豫地飞奔到店里买一张，抱在怀里拿到家，像揭开什么秘密一样一层一层地扒开塑料，然后小心翼翼地听每一首曲子……

突然回想起来的记忆，时间旅行……

没有一模一样的人

和工作室的朋友们一起去仙游道公园，
一次久违的野餐。
我们拿来了紫菜包饭、香蕉、饺子、蛋糕等等，
把食物摆到塑料布上，和大家一起分享。
大家一起有说有笑，分享食物，觉得好美味。
坐在树木之间，用朋友拿来的丙烯颜料画画。
用同样的颜料在同一个场所大家一起画画，
但是三个人的画截然不同，
不管是色感还是线条的感觉抑或是风景，
都有自己的特点。
就好像把各自眼中的世界
原封不动地通过
画纸表达出来了一样，好神奇。
世上没有一模一样的人。

世界边际的风景

济州岛旅行的最后一天，我们决定去趟灵室。已经五月了，可仍然是狂风怒号，很冷。尽管如此，近乎干枯的冷杉和高空飞过的乌鸦，粗糙笨重的石头，还有泛黄的枯叶形成了一道特殊的风景，很有味道。向下看，有大大小小的山峰，泛着参差不齐的美。那天的天空，美得让人窒息，带有魔幻色彩。

#

哒哒哒哒哒哒哒哒

一只狗一直追过来，
好像以为我们是
它的主人
哒哒哒哒哒哒哒哒哒哒
好像回家
了耶~再见
没回去啊?
哒哒哒哒哒哒哒哒哒哒
这家伙
哎呀~
嘭!
呵呵
真是的……
哒哒哒

职业病

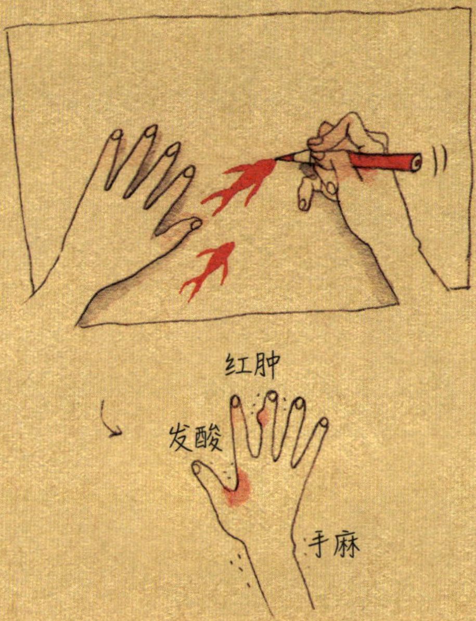

因为本职（真的吗？）是为书本画彩色插图，

所以不得不长时间握笔画画，

手指和手腕总是麻麻的……

这个工作已经有六年了，自己也很担心右手的健康。

能用双手画画该多好呀……

#

单行道

今天突然想到，

时间只能向一个方向流逝，好伤心，好郁闷……

只有回忆是我能做的……

不能回到当初，

不能体会那时的幸福，

唯有惋惜，遗憾。

更伤心的是，此时此刻也追悔莫及……

所有消失的都是难舍难分的

桂洞中央浴池从1968年开始负责桂洞人民的洗澡问题，好怀念。可它在2014年11月永远停止营业了，好可惜。

陈旧的浴池，五金店，水磨坊，看着这些老店一个个消失掉，心生惋惜，只能叹气。下次会轮到什么消失呢？

我要向小伙子致谢……

我住的地方附近晚上没什么人。
有次我静静地走在两位高中生后面……

其中一个小伙儿开始
大声唱起歌来……

然后他们突然感觉到了
我的存在……

好像是很丢人的样子。

健步如飞，
1秒钟就从我的视线内消失掉。

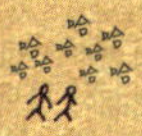

跑了很远，
他们自己也觉得
很好笑。

疲惫的下班路上，两位少年送给我开怀大笑，
谢谢你们！

对不起

曾经说过对不起……曾经发誓不忘记……

我们是不是恢复得太快了……

越是艰难的时候，
我们越要拉起手

曾经以为我很孤独，

独自一人承担着一切，

可是从生活点滴中发现我们大家都手拉着手。

只要有一人动摇，大家都会跟着荡漾，

只要有一人倒下，大家会一起倒下。

越是艰难的时候，就越要紧紧抓住彼此的手。

动荡的时间，要一起挨过。

#

竟然什么事情都没有发生。谢天谢地！

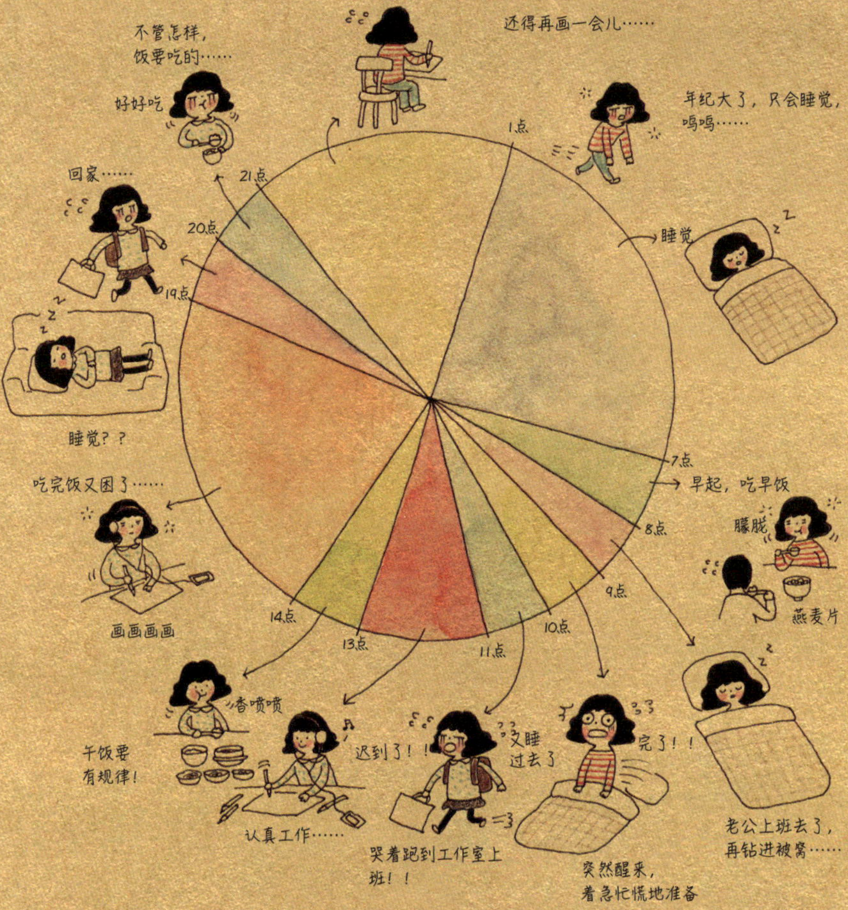

“说不定所谓活得好，活得幸福，
就是一成不变，枯燥无味的生活状态。
就因为如此，我们说不定
在不停地寻找崭新的抱怨。”
——托马斯·许兰德·埃里克森

一直以来都好幸福！

看到咖啡厅窗外的绿色嫩叶，
心中感叹，夏天来了！
人生的二十年都是在绿油油的环境中度过的，好幸运。
从屋里往外探探头就能看到树木和花草，还有公园，
一直和狗狗一起生活……
我的二十年一直以来都好幸福！

\#

慢慢地，话语消失了

收尾工作……

如果存在某种和平……

厨房上方的窗户像是猫咪们的一个通道。
偶尔听见什么声音抬头一看，有时是燕尾猫，
有时是斑点花猫，坐在外面的窗台上。
很喜欢动物，但由于种种原因又不能抱养，
所以它们是让人喜出望外的客人，抚慰我空虚的内心。

#

如果我藏起来了，
你也会担心我吗？

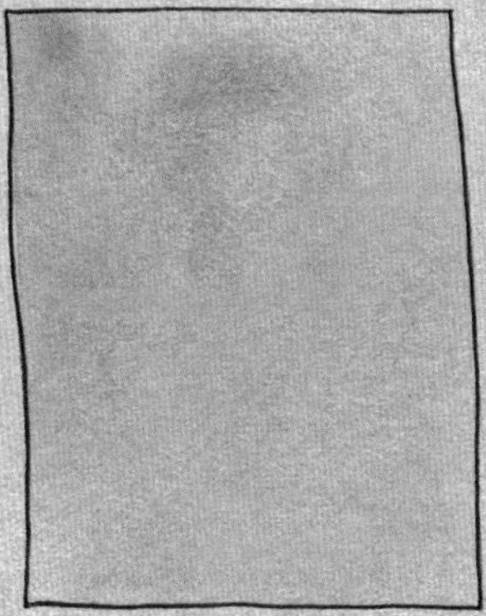

在我家能看到南山塔就是晴天，

看不到就是雾霾重度污染……

南山塔，我想经常看到你。

#

当光强烈时，影子也会强大

幸与不幸像一对双胞胎，难分难舍，
不可能只取一种。
当光强烈时，影子也会强大。
从外表看很明朗、很幸福的人，
很多时候仔细观察就会发现
他们其实隐藏着深邃的、悲凉的内心。
所以我觉得和某人说“你那么幸福，不会理解我的”，
或者“你看起来那么幸福，真羡慕你”这些话时，
还是要慎重加慎重。因为说不定努力微笑的TA，
回过头就会偷偷地流眼泪。

#

去你的世界旅游

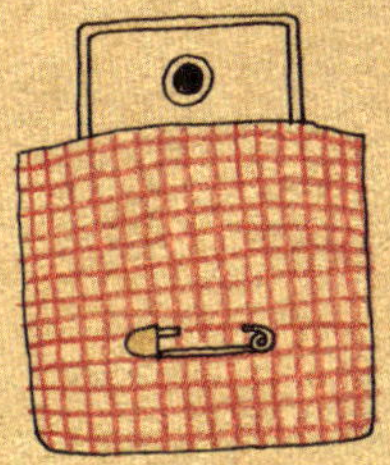

电影《她》非常棒，

其中印象最深刻的是男主为了给女主展现他的世界，

在衬衫左胸前的兜上别了别针。

那别针仿佛是一种象征，对爱人的关切，那么细致入微。

那时，她一定看到了：

他的眼睛所看到的世界以及他的内心。

爱，原本就是对方的快乐远高于自己的快乐。

\#

齐心协力

夏季，工作室的一角仿佛美丽的风景画。
朋友们拿过来的花和花盆，它们齐心协力，争奇斗艳。

安慰是从大树来的吗

在建筑物丛林中遇见竹林。大树带来的慰藉……

#

杂技演员

别人看了还以为
平衡力不错，完全稳住了，
可其实人生充满了不安，
总是摇摇欲坠……
今天又是为了屹立不倒，
苦苦挣扎的一天。

#

忘我的境界

有时候画着画，就会觉得，
周围的所有都已消失掉，世界上只剩我与画。
在忘我的境界中活动手臂的瞬间，
对于一个画匠来说，
此时此刻应该就是最快乐、最幸福的瞬间吧。

#

虽然不能改变世界

看到淋着雨整理垃圾的环卫叔叔，

我主动和他说“谢谢您”，然后叔叔灿烂地笑了笑。

我下决心，以后要克服羞涩，像今天这样主动表达谢意……

我的小举动虽然不能改变世界，

但是否可以改变我短暂的人生呢……

如同那坚强的小生命

小橡胶树枝叶太过旺盛，给它剪枝，

泡在水里，然后就长根发芽了。

心中窃喜，幸亏没扔掉。

植物的全身上下都浸透着生命。

需要定期减掉的指甲，和它真是有天壤之别……

当然，我家胡萝卜也在茁壮成长。

\#

如果曾经爱过

爷爷经常吹口哨，
那种哨声很特别，
是爷爷特有的声音。

今天是爷爷去世的纪念日……
好想念爷爷……

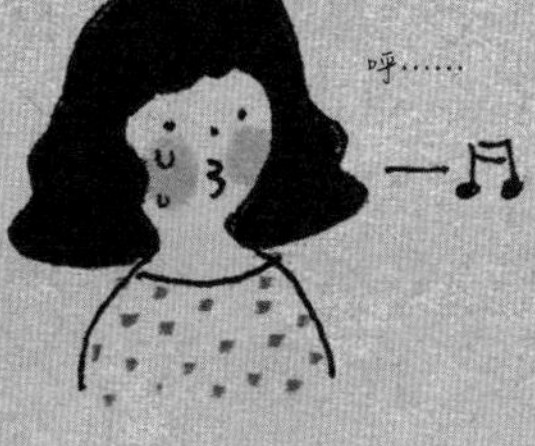

#

我已经是大人了

经过桂洞老店崔氏儿科，想起了以前的事情。准备高考时手脚变得特别黄，要去医院检查，可不知怎的，我去了小时候常去的儿科诊所。大夫已是头发花白的老爷爷，记不得我了，可是看到一个高中生来儿科诊所也没有赶我走，反而仔细为我诊疗，然后听我的烦恼，告诉我不要给自己太大压力。

我当时是不是需要有人听我的故事？

那时我得到了莫大的安慰，所以现在虽然已过了10年，我仍然把这件事情藏在心底。倾听别人的故事，对一些人来说就是给予他重新鼓起勇气的机会。

像凡·高一样

我原本以为自己孤苦伶仃地走在路上……

有时会偶然碰见，

运气好的话，还能一起走，

有时会各自向往自己的路……

人们就像在偌大的画纸上，
各自画着自己的画。
但愿这些画都与每个人的心意相符……

“我梦想着绘画，我画着我的梦想。”

——文森特·凡·高

一定不能失去

在公交里，
坐在我前面的小孩子
总是回头冲我笑，
就像盛开的花朵一样。
我看着她也一起笑起来~
没有理由不笑。
希望她永远不要失去那份笑容……

一定不会做

我们总会面临分岔路，不知道什么样的选择是正确的，踌躇不决。不过有一种规则是很确定的，那就是："如果是很不情愿的事情，哪怕是一丁点，就一定不会做。"道理很简单，实行起来却有些难度。所谓"知易行难"。但是只要守住这一规则，最起码在选择问题上就会少一些后悔。

#

心态调节

熟悉了空调的冷风，
忘记了风的恩惠。
用凉水冲冲澡，
吹着电风扇，吃着冰棍，
这不就是天堂吗。

真是微不足道的，勇气

来到沸沸扬扬的店里，我就像来找麻烦一样，
所以在门口犹豫不决……（更重要的是，没位置……）

当然，一个人也能吃得津津有味。

\#

总有一天会忘记的一个早上

南瓜叶不知不觉中长了这么多。时间飞快，好无情。

最近总会想年龄的问题。

以前想都不敢想的30岁，也快过完了。

40岁，50岁又是一种什么感受呢……

我只希望我能幸福……

#

冷不丁想起的人，妈妈

胖乎乎的茄子，4个1000块……

Part6. 闪

#

我的世界在哪里呢

人们不再关心眼前的人，不再观察眼前的景象。

大家都只专注于巴掌大的世界。

希望那个世界是自己的世界，

而不是只有他人的世界，

不是不留心的世界，

不是随波逐流的世界……

\#

幸福信条

1.过自己的人生，尊重他人的人生。

2.倾听他人的话。

3.维持内心的平稳。

4.不要陷进消费主义。

5.周末要和家人一起度过。

6.不要随意诋毁他人。

7.不要试图改变他人。

8.抛弃战争，追求和平

9.给年轻人让位

10.致力于环境保护

#

一点点的小差距

我们在生活中只求幸运，
是否从而失去了幸福呢？

Play

我之所以喜欢音乐，
是因为即使是百无聊赖、兴味索然的瞬间，
它也赋予了意义。
像这样平凡的某一瞬间，会突然像珍珠一样
发出自己的光芒。
这就是音乐。

——电影《歌曲改变人生》

#

跳高

婚后面临的苦恼，
相比婚前更加现实。
这就是成为大人的必经过程？

#

减肥

节日宣告结束……

只有我自己不懂

说不定再亲近的人，也只能够理解我50%，或者连20%都不到……心生慨叹。我有多了解我的父母和兄弟姐妹，还有老公和朋友呢？当他们感到疲惫时，我是否该抓住他们的手不放呢？是不是无意中错过了什么呢？是不是只有我自己不知道的……

\#

你能听见吗？我的愿望……

好美丽，好明亮的超级月亮。关好窗户，拉上窗帘，享受着夜晚的工作时电话铃响了。是爸爸，他说月亮特别大，快看看，可打开了窗户也没看到。穿上外套出去一看，果然有一轮大大的明月。我兴致勃勃地打开手机狂发信息，让亲朋好友都出来看月亮。

看着又大又圆又亮的月亮，就想要虔诚地许愿。虽然每个人都在各自不同的地方，虽然我现在是一个人，但好多人在不同的地方看着同一个月亮，想到这里我就不觉得孤独。

违反速度

人生不是百米赛跑，

而是像散步一样的。

当我领悟到这一点时，多少变得幸福些了。

# #
彩虹

自以为已经很努力，很热心了，
可因为结果还没出来，就非常焦躁，有时还会感到虚无。
但就是自以为什么都算不上，一点一滴积累的每一天，
最终会成就一个人的人生。

#

时间胶囊

沿着昌德宫的石墙，能看到很多小店挨着韩屋，一个接一个。这里比桂洞人少，树木的味道也很清新，很喜欢这种寂静的氛围，所以去坐公交时一般都会走苑西洞的路。蜿蜒的胡同越来越少，取而代之的是高耸的楼房和笔直的道路。首尔还有这样的地方是多么不容易……可是这里也逐渐走向商业化，只不过一年的时间，风景有了很大变化。希望这里的时间过得慢一些，风景不要再有什么变化，永远保持着……

#

Time after Time

从上大学时就是常客，mmmg 咖啡厅安国店。那里承载了如此多的回忆，听说要没了，真的舍不得。留在我身边的并不多，黄黄的银杏叶也会落下去。和他想看的电影，也即将要下架了。

仙人掌

工作室的冰箱上有一盆多肉植物，快要干枯了。
理所当然地以为它已经死了，没怎么管它，
可朋友开始给它浇水了。
过了一阵子，叶子逐渐找回生机，又胖乎起来了，好神奇。
已经长得很高，中间还长出了嫩嫩的绿叶。
最近看着在冰箱上面茁壮成长的植物，我学到了很多。
只要不放弃，坚持到底，总会有希望的。

过冬准备

妈妈和婆婆给做了酸梅汁。
小姑子给做了西柚茶和桃子茶。
认识的妹妹给做了柠檬茶。
又一个朋友说要给我做五味子茶……
今年冬天和这些美味的茶一起度过，
今年冬天格外温暖。

停止打嗝的方法

打嗝有一会儿了，
老公说有个百发百中的方法。

足球王

青春系列电影《足球王》。
看之前没有太大期待，
可是很有意思，伴随着莫名的感动……
尤其有一个场面印象很深刻。
女主安娜说女生都不喜欢足球，所以以后不要再踢球了，
男主洪万燮说：
“就因为别人不喜欢，
所以掖着藏着自己喜欢的事实，这也很愚蠢耶。”

#

不安的沼泽地

有些事，怕说出来真变成现实，

所以干脆只字不提……

担心，在心中毫无束缚地壮大……

#

是因为想的事太多了?

最近经常做梦。

睡完醒来，也总觉得很疲惫。

真希望有一个橡皮擦。

睡觉的习惯

刚结婚，有段时间发生了“富者愈富，穷者愈穷”的现象。

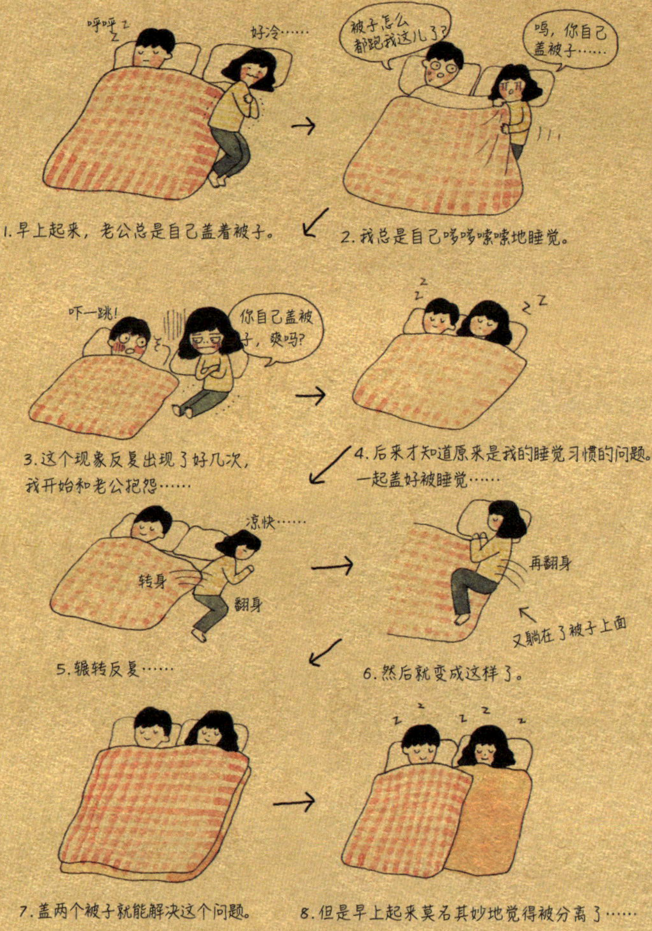

徒步旅行

顺天仙岩寺和松广之间有条路，游客们可以徒步旅行。景致很美，但是路途艰险遥远，真的好累。如果中间没去吃糙米饭，说不定就坚持不下去了。据说徒步旅行是从非洲原住民坐在推车上漫无目的地游荡或迁徙而来的。

#

世界上独一无二的……

开放日的首尔，去了越京东教会。京东教会在每周四的12点会举行管风琴的音乐会，宽敞的建筑物回音效果很好，能体验美妙的旋律。演奏会结束后，听了管风琴演奏家蔡云京教授的说明。管风琴是由很多不同长度的管按照音阶排列而成的键盘乐器，按下键盘和脚踏板，就会往各个管里送风，从而发出多种声音。据说全世界没有两个一模一样的管风琴。管风琴不是买现成的，而是“管风琴建筑师”直接去某个国家的指定空间，因地制宜地设计并制作。蔡教授给我们听了好多种声音，每次发出钟声一样的声音时，挂在管风琴中间的那个星星会转起来，好可爱。

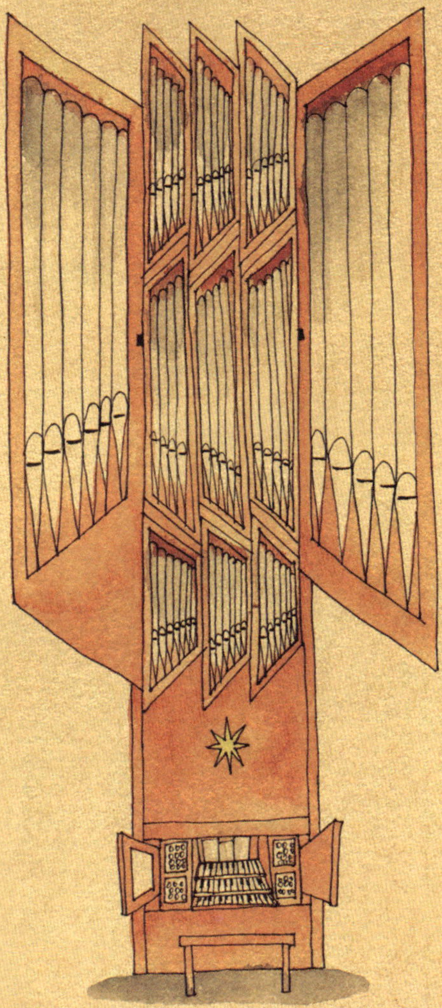

这个季节，你的内心更加明亮

柿子熟了，重重地挂在树上。
伴随着秋雨，秋天大步向我走了过来。

#

那时好温暖……

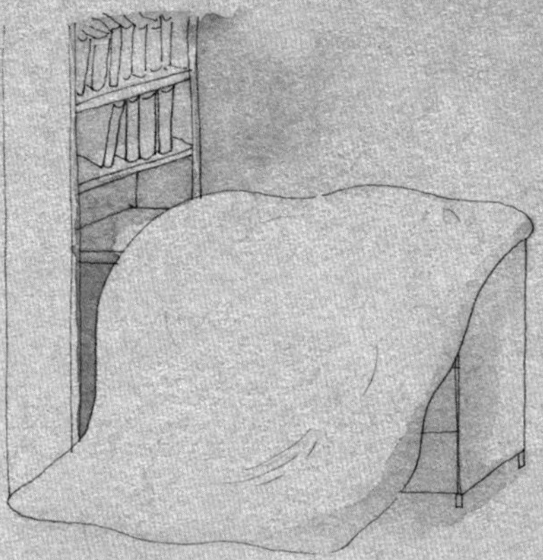

小时候最喜欢的空间……
在书桌上面盖好被子，让里面暗下来，
然后钻进去看看书，有时会画画，有时还会睡觉做梦。
有时是一个人，有时是和哥哥两个人……
黑暗狭窄的那个地方，那时候怎么就觉得那么好呢……

心爱的人不在时的恐惧

小时候妈妈有事外出，就很害怕妈妈不回来了。所以只要妈妈出门，就会坐在阶梯上哭。这已是很久以前的事情，本以为在记忆中已被消除，不知怎么地竟突然想起来了。就像那时候的小孩子还没有离开我，心爱的人不在时的恐惧到现在对我影响还很大。几年来经历了几次突如其来的死亡。保尔死时在一旁看着，我领悟到生命可以像蜡烛被吹灭一样一瞬间消失掉，于是对死亡感到了极大的恐惧。这种恐怖可以通过恐怖体验与治愈克服，即想象最恶劣的情况，然后明白那种想象是不会发生在实际生活中的。欧文·亚隆说"虽然死亡本身不会破坏我们，但对死亡的想法能救赎我们"。对死亡过度执着固然是不健康的，但是静下心来想一想自己或他人的死亡，使那个瞬间不留下任何遗憾，这样的准备过程应该还是蛮有意义的。

人生的包袱

人是不是生来就要背上沉重的包袱呢……
真想拍拍你的肩膀，和你说所有事情都会过去的，
我一直是为你加油的，你要打起精神……
我们还太年轻，出生到现在面临的所有事情，
无疑是第一次，是陌生的，不知所措。
不管是我，还是我的父母，家人，朋友，他人，大家都是一样的。
度过了风风雨雨，总会迎来晴天，
今天总想重复这句话，像某种咒语一样……

在宇宙的一个角落彷徨的……

西方节日中，11月1日是诸圣节。
也是开天的日子，为所有去世的人祈祷。
希望今天大家一起回忆心爱的人，
还有不会说话的小存在……

#

活着，就没有后悔的事情？

我浑身都是后悔……后悔、眷恋、慨叹和担心，黏在额头上、肩膀上、肚子上、小腿上，浑身都是，密密麻麻的让我感到好沉重……所以本以为死时会觉得：啊，快要结束了，好轻松……话虽如此，不过人原本就是恋恋不舍的动物。时而惋惜，时而幸福，时而微笑，大部分的时间还是用来忘记的，生活大概就是这样吧……

#

更加爱自己的方法

我们仿佛一个巨大的能量团，所以自然地恢复这个能量——人类的本质——的流向是非常重要的。我们可以让自己痛，也能使自己健康。换句话说，我们可以使自己的能量紧张起来也可以让它放松下来。如果被日常生活的痛苦、愤怒与不满夺去了能量，我们就要为了思考与情感的恢复而治愈自己。为治愈能量的流向，就要好好度过现在的每一瞬间，使内心的信任、自由与快乐重新生长发芽。

——多米尼克·洛罗《简单的艺术》

#

从心灵的边际浮出伤痕……

忍耐也是有限度的。

小小的水滴汇聚在一起，

就要哗啦啦啦地洒下来。

当然洒下来的水不能重新捡回去，撕裂的袋子也不能缝合；丢失的信任很难重新找回，失望的心情也很难恢复，或许永远都不可能……所以万事要小心，处处要有礼节，越是亲近的人就越需要……

财产目录

领悟真正的人生是什么，
为了行善而付出努力，
珍惜并尊重需要延续的，
知道怎么拜托人的方法，
知道付出的重要性高于所得，
理解对方想说的意思，
这些才是我要拥有的财产。

——巴尔塔萨·格拉西安

永远的也不是永远的

就算你觉得你处在漆黑一片的世界里，

慢慢地，想办法一点一点走过去，

就总能看到一束光，哪怕是很微弱的。

这束光可能被熄灭，

也可能熊熊燃烧，像太阳一样……

没有永远的光，也没有永远的暗……

#

新月

不管是什么存在，只要离开了这个世界，
心中就会留有空白吗？和那存在一样大小的……
今天的风格外地凉，
活着，好陌生……

马上要下初雪了

本以为还是
秋天……

冬天……

此时此刻想和你在一起

终于，一场初雪告诉我们冬天的来临。天空中静静掉下雪花，落在房顶上，落在树上，落在道路上。看着这个风景，我心潮澎湃。本想把眼前一幕拍下来传到SNS上，发现人们都在从自己的视角拍下照片或视频，大家都在忙着上传。下雪时的美景，下雨时的炫景，映彩虹时的奇景。人们上传时都有一颗少女般的心，看着他们我不由微笑。我觉得这样的人都是可爱的。

以最小限度存在

怎么都不像能向我敞开心扉的狗狗，一开始警戒心很强，后来静静地看着我的眼睛，主动凑过来，身体贴着我，那重量传达到我身体，我感到心扑通扑通跳……暖暖的体温传给我，我的体温又传给它……这时候不知怎的，心潮起伏，鼻尖会酸酸的。结成某种关系，不管是人还是动物都一样。互相打开心扉，主动接近，花时间去努力，这样才能更亲昵，理解对方，爱对方。互相成为美好的存在，分享内心，我想要这样生活。

#

拍拍屁股起身

千辛万苦爬到山顶，已是精疲力尽，
本以为告一段落了，可是一山更比一山高。
双腿无力，兴致索然地瘫倒在地上。
这样无趣地坐了一会儿，
内心的某一角落涌动起来，
又从身体的某一处鼓起勇气来，
拍拍屁股起身，重新铿锵有力地走起路来。
人生中越过一座山又遇见一座山，
那就是需要喘口气，重新系好鞋带的时候。
不到山顶，终究看不到美丽的风景，
而且美丽的风景有很多。

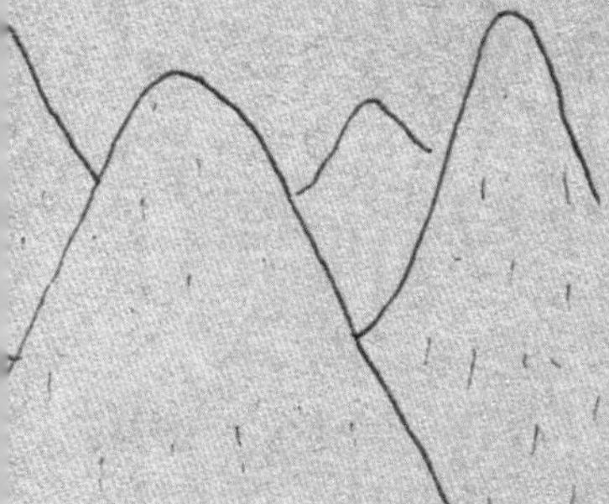

结语

关于人生这个长途旅行

我从高中时就开始喜欢坐在书房里看游记。对没去过的地方充满好奇心和期待，我只能通过人们写的游记填充内心的渴望。那时心想成为大人以后就要去很远很远的地方旅游很长很长的时间，走遍天下，接触各种各样的人，体验五花八门的事物。这就是我的梦想。

然后我长大了，只要有机会我就去旅行。没去过太多的地方，不过去的也不少了。但是从某一瞬间，我开始觉得旅行好繁琐。收尾工作没做完，钱也不充裕，还要去见人，有点厌烦了……我以各种借口和各种理由，在去往某地这种事情面前踌躇了。旅游期间虽然很快乐，但没过多久就会想回家。在首尔每天重复着琐碎的日常，我反而能感到安全和舒适。

那是 2014 年的夏季，我决定去蒙古转一转。虽然是很憧憬很向往的地方，不过确实，也没有太大的期待。果不其然，我们坐的车（furgon）在土路上疾驰，我们在里面上下左右疯狂地颠簸；天气太干燥，鼻子里干得不行，都流了鼻血。睡觉时各种虫子和飞蛾飞进耳朵，眼睛，嘴巴，总之是脸部的各种洞它们都要钻；阳光太强烈，喝的水不温不热的。到哪儿水都很贵重，不能随便洗，只能用湿巾擦脸擦身子；移动过程中尽是宽广的大地，连树木或

扔了也不可惜的衣服
晚上很冷，
准备了厚厚的大衣
围巾和口罩
防晒袖套
旅行时要读的书
日记本和笔
大太阳帽
墨镜
手电筒
湿巾
卫生纸
→因为水资源
严重不足，
所以非常需要！
防晒霜
蜡烛
火柴
雨伞
充电宝
毛巾和运动毛巾
胶卷相机和胶卷
数码相机和备用电池
（如果有拍立得
也一定要带上！）
睡袋
多用途刀
带一个凉拖
good！
带上保温瓶也不错哦！
（水会变热……）
U形枕
→在颠簸的车里是非
常必要的！
专杀蚊子的
杀虫剂
止痒剂
软膏
创可贴
止晕贴剂
（晕车药）
蚊香
礼物
回来的时候把这些全部送给了蒙古孩子们，
那里蚊子好多好多……

大石头都很少见，为了找遮挡身体的小山坡或影子如厕不知要走多少路。（而且对面来一辆车，就会魂飞魄散，赶紧拉上裤子往回跑。）

但是每当车颠簸一次时，我们都看着互相的脸大笑一阵，到了夜晚，周围没有一点光源，漫天的星星像要洒下来一样。电话、网络都不畅通，反而感觉到一种自在。蓝蓝的天空白白的云，一望无际的大地就是一幅风景画。在这幅风景画里呼吸的人只有我们，一想到这里就豁然开朗。动物们看到疾驰的卡车也不会逃走，悠悠地走着自己的路，看着好悠闲。蒙古人好亲切，和当地的孩子们欢笑着在草原奔跑，就好像自己也回到了孩童时期一样。

不想结束旅行，这样的心情很久没有体会到了。是啊，我曾经是那么喜欢旅行……环游世界，曾经是我的梦想……这次蒙古旅行使我重新打开心怀已久的梦想。

有一些事情是原本让我感到幸福的，可是被日常生活磨得没脾气，对喜欢的事情也感到索然无味。去书店逛一逛买两本书，漫无目的地走路，呆呆地观察人。没劲地乱涂乱画，说走就走的旅行……

看似微不足道，无足轻重，可是能给我们带来大幸福的事情，随着时间的流逝，它的顺序被挤到了最后面。我在剔除那些微不足道的事情时，是否把自己的幸福也挤到了一旁不起眼的地方？现在到了该重新找回幸福的时候，那些珍贵的幸福。

在蒙古的最后一天晚上，我们紧挨着坐成一排仰望天空，都不顾脖子酸痛，看着坠落的流星，大家一起数啊数。

特别感谢

在工作室待久了，只要听到脚步声都能知道是谁。

总是同一时间上班的娜丽!

一次跨两个阶梯而且脚步轻快的人，一定是善英……

带了好多东西在门口磨蹭的，一定是智娜……
（面包啊，书啊……）

工作室的建筑物里很少有高跟鞋的声音，
一定是莲才。

智淑姐姐总是谁都不在时出现后
又消失掉，所以无法掌控……
（好想掌控……）

只听声音就能了解心思的朋友，就是“知音”吧……虽然还没达到那个境界，但是我想做这种朋友：只听脚步声就能了解心声，用心听朋友坦率的直言。

工作室的朋友们都很明朗，性格单纯，多亏她们，我比以前开朗很多。我和她们学会了一起生活的方法。我经常笑，也受到了很大的鼓舞。有苦恼就一起分享，疲惫时为我加油的朋友们，谢谢你们。

我有一件连衣裙，经常穿。
春天也穿，

夏天也穿，

秋天也穿，

冬天也穿。

那天也是穿着那件连衣裙，正要去见男朋友（现在的老公）呢……

战战兢兢地去见男朋友……

就这样一年后，我们成了夫妻……

更在意我的内里，而不是外观，

连我的缺陷都会很珍惜的人。

“一日一画”最热衷的粉丝，

热情地为我加油，不吝严厉的建议，

我的老公，我以最真挚的心表达我的谢意。

图书在版编目（CIP）数据

为什么让人思念的总在于远方 / （韩）朴正银绘著；金美玲译. -- 杭州：浙江文艺出版社, 2019.7
ISBN 978-7-5339-5571-7
Ⅰ. ①为… Ⅱ. ①朴… ②金… Ⅲ. ①散文集—韩国—现代 Ⅳ. ①I312.665
中国版本图书馆CIP数据核字（2019）第004060号

为什么让人思念的总在于远方
WEISHENME RANGREN SINIAN DE ZONG ZAIYU YUANFANG

[韩]朴正银　绘著
金美玲　译

责任编辑　诸婧琦
营销编辑　张恩惠
封面设计　居　居
版式设计　文唯宝

出版发行　浙江文艺出版社
地　　址　杭州市体育场路347号
网　　址　www.zjwycbs.cn
制　　版　浙江新华图文制作有限公司
印　　刷　上海中华商务联合印刷有限公司
经　　销　浙江省新华书店集团有限公司
开　　本　880毫米×1230毫米　1/32
印　　张　9.25
插　　页　2
版　　次　2020年1月第1版
印　　次　2020年1月第1次印刷
书　　号　ISBN 978-7-5339-5571-7
定　　价　**68.00元**